イメコン

遠藤彩見

ある地方都市に住む、人生負け犬気味の男子高校生・武川《むかわ》直央《なお》の前に現れた一分の隙もない謎のイケメン・一色《いつしき》一磨《かずま》。“イメージ・コンサルタント”だと名乗る彼が、「じゃ、遠慮なく」と服装や仕草についてアドバイスをすると、変わりたいと願う依頼人の人生が少しずつ良い方向に向かっていく。さらに一色は依頼人の問題点を見抜く鋭い洞察力で、彼らが巻き込まれてしまった事件を次々に解決するのだった。本当のあなたを見つけてみませんか。“イメコン”一色と高校生の直央、二人が織りなすお仕事ミステリ。

イメコン

遠藤彩見

創元推理文庫

THE CASE-BOOK OF IMAGE CONSULTANT

by

Endo Saemi

2018

目次

イメコン

第一話　キラースマイル

モグラは太陽の光を浴びると死ぬ、と聞いたことがある。自分も、この階段を下りたら危ないかもしれない。

武川直央《むかわなお》は階段に一歩近づき、眼下に広がる金色の空間を見渡した。

地下一階に造られたS市市役所の中庭は、四カ月前まで通っていた高校のスイミングプールほどの大きさだ。今、直央が立っている階段上から見て、右側にあたる三階建ての別館と、左側にあたる七階建ての本館に挟まれている。税金の無駄遣《ぜいたく》いだと批判を浴び、前市長を退任に追い込んだモダンなビルと同様、この中庭も贅沢《ぜいたく》な造りだ。

直央の真下が本館と別館を結ぶ屋根付きの通路になっている。中庭の手前側中央に一階から地下一階に下りる階段があり、その右側には小さな池が、左側にはアンティーク風の街灯が置かれている。向かい側の壁沿いにはアイアンのベンチが二基置かれ、その両側には木が植えられている。月曜日の午後二時過ぎだというのに、誰もいないのがもったいないくらいだ。

モグラに相応《ふさわ》しいのはこっちだと、直央は中庭を囲む手すりと別館の壁に挟まれた、狭い回廊へと向かった。駅前に行くため近道をしようと、用もないのに市役所の敷地を突っ切っているのだ。迂回《うかい》すると五分は余計にかかってしまう。

別館に陽射しを遮られ、回廊は薄暗く寒々しい。気付くとまた足を止め、手すりを摑《つか》んで、中庭を見下ろしていた。

スペイン風のモザイクタイルに光が降り注ぐ。太陽の温もりを吸い込んだベンチが、優しく直央を誘う。市役所前の国道を走るトラックの轟音《ごうおん》が潮騒《しおさい》のように聞こえ始めた。手すりに両《りょう》肘《ひじ》を載せ、のどかな光景に目を奪われていると、本館側から人影が現れた。

白いシャツに黒いエプロンをつけた、すらりと背の高い女が一人、別館に向かって歩いていく。本館の一階ロビーにあるカフェの店員だろう。

別館の手前まで来た女が、直央の視線に気付いたのか階上を見上げる。直央は反射的に手すりから身を引いた。

寄り道なんかしている場合ではないと、再び回廊を歩き出した瞬間、ひらりと視界の端に白いものがちらついた。え、と再び中庭の方を向いた直央は、ぽかんと口を開けた。

「……雪⁉」

目の前を、白く細かい何かが粉雪のように舞い降りてくる。

一つ一つが光を反射しながら、くるくると中庭へと落ちていく。まだ十一月の初め、しかもこの晴天に雪が降るわけがない。直央は白いものへと、恐る恐る手を伸ばした。

ふわりと手のひらに載ったのは、雑な四角に切られた消しゴムほどの大きさの紙だ。

直央は正面階段に駆け戻った。三段ほど下り、紙吹雪《かみふぶき》を手で払いながら、どこから落ちてきたのか見定めようと階上を見回す。

そのとき、別館側に何かが落下した。吹き抜けの床を打つ鈍い音に続き、女が短い悲鳴を上げた。

とっさに別館を見上げると、二階の窓が勢いよく閉まったところだ。直央は中庭へと向き直り、階段を駆け下りた。

紙吹雪が散った中庭の隅、池の横で黒エプロンの女がうずくまっている。そばに、フタが開いたオーブントースターほどの大きさの段ボール箱が転がっていた。

女がゆっくりと顔を上げた。猫のような大きな目が、直央に向けられる。

青ざめているが端整な顔立ちだ。ダークブラウンの長い髪は、後ろで一つにまとめられている。透きとおるように白い肌はふわりと光を放っていて、モグラを圧倒した。この小さな町で、こんな都会的な美女を、平日の昼間に見かけるのは珍しい。大丈夫ですか、と声を掛けようとすると、女に悲鳴とともに飛び退《の》かれた。

どうせ俺は感じ悪い。タイルに伸びた自分の影に視線を落とした。

今の直央は、この影とほぼ同じだ。オーバーサイズの長袖Tシャツ、パーカー、ボトムにスニーカーと、黒一色で身を包んでいる。髪の毛も真っ黒な上に、伸びっぱなしで不揃いに膨らみ、前髪は目を覆っている。

「どうしました⁉」

館内から駆け付けた警備員の目も、疑うように直央の頭の天辺《てっぺん》から爪先まで往復する。

「君、何してるの？　中学生は、学校にいる時間でしょう」

「中学生じゃないし」

直央は反射的に嚙みついた。

小柄で細身の上、目が細く、もち肌の乳児顔なのが恨めしい。そのせいで、いつも十七歳より幼く見られる。知らない女を助けようとなんかするから、騒動に巻き込まれたりするのだ。

さっさと退散しようと階段に向かおうとしたが、警備員に行く手を阻《はば》まれた。

首からＩＤカードを下げた市役所職員が、一人、二人と駆け付けてくる。女を助け起こした職員が、一同に直央を手で示す。

「この子がさっき階上にいたと、彼女が」

「これ、君が落としたの？」

表情を険しくした警備員が床から段ボール箱を拾い上げると、中からひらりと白い紙片がこぼれ出た。

「紙吹雪を、この箱に詰めて持ってきたってわけか」

警備員が直央に箱を突きつける。職員に付き添われて本館に向かう女が、振り返るように直央を見る。慌てて声を張り上げた。

「その箱は、二階の窓から……」

別館を見上げた直央は、警備員や職員に、さっき窓が閉まった辺りを示した。しかし、警備員たちは直央の訴えに耳を貸さない。警備員が職員に告げる。

「とにかく、警備室へ。保護者を呼びます」

「俺は関係ないって！」

肩を抱え込もうとする警備員の手を振り払った。親を呼ばれるわけにはいかない。

「……俺は」

「何あれー⁉」

頭上から甲高い女の声が響いた。見上げた直央は息を呑《の》んだ。

階下の紙吹雪に声を上げたのは、制服姿の女子職員だ。

ほかにも行き来する通行人が集まり始めている。あちこちから中庭に向けられるスマホを見て、頭の中が真っ白になった。

まるでステージに立たされているようだ。人々の視線が突き刺さってくる。

「俺……」

頭の中は真っ白なままだ。息を吸っても吸っても苦しい。

両肩に力を入れて必死で息をついていると、ふと鼻孔《びこう》にスパイシーなコロンの香りが流れ込んできた。

「背筋を伸ばして」

直央の後ろで、落ちついた男の声がささやいた。

「両肩を引いて、胸を張る」

直央が振り返るより早く、温かい手が両肩に掛かり、ゆっくりと後ろに引いた。

「あごを、少しだけ上げて」

骨張った指が、直央のあごを押し上げる。

右横に回ってきたのは、直央より十センチほど背が高い男だ。「何すんだよ」という直央の抗議は、吸い取られるように途切れた。

吸い取ったのは、男の微笑《ほほえ》みだ。三十代前半と見える、頬骨の目立つ彫りの深い顔立ちの口元は、優しそうな弧を描いている。目尻には、滑らかなベルベットを波打たせたような笑いジワが浮かんでいた。

長めの髪に柔らかな物腰は、少々年は食っているが、王子と呼びたくなる雰囲気を醸《かも》し出している。ジャケットを着た胸に下がったIDカードは、職員や警備員のものと色が違う。

「あの、あなた、何なんですか?」

警備員の問いで直央は我に返り、男から飛び退いた。

「ちょっとだけ待ってあげてください。緊張していたら、言いたいことも言えないでしょう?」

王子の微笑みが警備員の抗議をも吸い取る。

そして王子は直央の二の腕を、とん、とん、と人差し指で軽く叩《たた》き始めた。

「このテンポで話してみて。落ちついて、焦らないで。君を守れるのは君しかいないんだよ。さあ」

今だ。直央は駆け出した。

背後がどよめき、誰かにパーカーの裾《すそ》を掴まれる。引っ張られるままに脱ぎ捨て、再び駆け出してすぐ、緑の固まりにぶつかって弾《はじ》き飛ばされた。

「直央⁉」

頭上で、聞き覚えのあるドラ声が響いて目を上げた。

薄くなりかけた髪を綿毛のように逆立たせ、土で汚れた緑のジャージを身につけた中年男が立っていた。職員や警備員が一斉に頭を下げる。

「何があったんですか？　これ紙吹雪？　何でここにお前がいるんだよ」

五味賢一《ごみけんいち》市長が周囲と直央に早口で問いかけ、次いで王子を見る。

「それに先生まで、どうして？」

「……この人、知り合い？」

直央が起き上がりながら尋ねると、五味が直央を引っ張り起こして王子の方に向かせた。

「イメージ・コンサルタントの、一色一磨《いっしきかずま》先生だ」

一色が、にこりと直央に微笑みかけた。

母親の幼馴染《おさななじ》みである五味の登場で、直央はどうにかピンチを逃れた。二階の窓が閉まるのを見た、と五味に説明すると、市長の指示でただちに別館二階がチェックされ、その結果、空いていた会議室に例の紙片が落ちているのが見つかったのだ。

ほっとしたのも束の間、今度は五味に市長室まで連れてこられた。一色という「イメージ・コンサルタント」も一緒だ。

直央は出窓の張り出しに座った腰を少しずらし、横目で左側を窺《うかが》った。

市長室の中央では、ソファーセットとソファーテーブルの前で王子が中腰になって右に左にと動いている。ちまちまと田植えのように、ネクタイやタイピンなどの小物を並べているのだ。三人掛けのソファーの背には、紺やグレーのスーツが掛けられ、座面にはシャツとソックスが、ボトムの足元にはビジネスシューズが置かれている。

ソファーセットのそばには全身鏡が置かれ、その向こうにあるデスクには、ヘアブラシやクシ、ヘアスプレーやローションのボトル、手鏡が整然と並べられている。デスクの横には、巨大なジュラルミン製のスーツケースが見えた。一色が服や化粧品を入れて持ち込んだものだろうと、直央は想像した。

ヘアメイク、スタイリスト――そんな言葉が頭に浮かぶ。市内の理容店とファッションセンターにしか行ったことがない直央には縁がないが、テレビで見たことはある。イメージ・コンサルタントなどと大層な名前をつけてはいるが、要はそんなもんじゃないだろうか。

いったい、どういう仕事なのだろう。スマホで検索しようとしたとき、「直央くん」と柔らかい声に呼びかけられた。

「これ、何の色か分かる?」

一色が直央に、バンダナ大のベージュの布を広げてみせた。

「ん?」

きれいに整えられた眉が答えを促す。直央はむっとしてベージュの布を睨《にら》んだ。

感じ悪い男だ。感じが良すぎて、逆に感じが悪い。

ひがみ根性なのは分かっている。だが一色を見ていると、高級店のショーウィンドウを見ているようだ。自分には絶対手の届かないものが、ずらりと並んでいる。

「肌色」

適当に答えてやると、「当たり」と答えが返ってきた。

「五味市長の肌の色」

一色が似たような色の布を何枚も出して見せてくれる。

「これは疲れ気味のときの肌。これは陽に焼けたときの肌」

「ゴミラの？　キモっ」

直央が顔を歪《ゆが》めると、一色が大げさに眉を上げた。

「ゴミラって、五味市長のこと？」

「ゴリラに似てるじゃん」

ごつい体つきと五味という名字を掛けて、小学校時代につけられたニックネームだと、幼いころに母親から聞いた。

一色が「ひどいなあ」と苦笑いを浮かべて肩をすくめる。

「五味市長の選挙ポスターは恰好《かっこう》よかったでしょう？　先月の市長選挙の」

「見てない」

「町中に貼られたのに？」

「俺、引きこもりだから」

布を畳む一色の手が止まり、微笑みが消えた。どうだ、と胸がすっとする。

「何だ、直央、見てないのか⁉」

市長室に併設された洗面所から、咆哮《ほうこう》とともにゴミラが現れた。ジャージの上を脱いで白いTシャツ姿になり、どこかの店名が記された景品タオルで、洗ったばかりの顔を無造作に拭《ぬぐ》っている。市のイベントで幼稚園児たちとサツマイモを掘ってきたそうだ。

「もうな、直央がスマホの壁紙にしたくなる恰好良さだから、俺の選挙ポスター。一色先生のおかげでな」

五味は四年前に妻に先立たれ、一人息子は地方の大学に通っている。服を揃えてくれたり、見た目を気遣ってくれたりする者はいない。直央が知る限り、ゴミラが着るものといえば、サイズが合わずだぶついたスーツばかりだ。

元は地方新聞社の記者で、冴《さ》えないスタイルでも何とか許されていた。しかし、前市長の浪費で傾いた市を立て直すべく、市長選に立候補したところ、選挙を前に見た目をどうにかしろと後援会からどやされたという。

「俺、名字が五味だろ？　小綺麗《こぎれい》にしてないと、アンチからゴミ市長とかネットに書かれるしさ。何かっちゃスマホで撮られるし。それも今の時代、動画だもんなあ」

されどファッションセンスも時間もない。金も掛けられない。そこで後援会があらゆる伝手《つて》をたどり、探し出したのが一色だったそうだ。

「一色先生が、ボランティアでイメコンを引き受けてくれたんだ」

「イメコン？」

「イメージ・コンサルティングのこと」

ゴミラがソファーに歩み寄り、無造作にジャージのボトムを引き下ろした。うえっ、と直央は目を逸《そ》らす。

「当選したのに、まだ見た目を盛るのかよ」

「市政にもっと関心を持ってもらうためなら、俺は何でもやってやるよ」

恰好よく言い切った五味の声が「それより直央」と厳しくなった。

「お前、まだ学校に行ってないのか？」

「……別にいいじゃん」

一色の手前、精一杯強がって言い返す。

「直央さあ、何がそんなに不満なんだよ、言ってみろよ？」

スマホを摑んで出口に向かうと「逃げたら警備員呼ぶぞー」とゴミラが吼《ほ》えた。このクソオヤジ、と心の中で毒づきながら、元いた場所に戻る。これから聞かされることは想像がつく。

「お前、男だろ。お父さんがいないんだから、代わりに家族を守らないと。いいか、社会に出たら嫌なことなんていくらでもあんだよ。学校くらいでめげてどうすんだ。逃げたってお前が損するだけだろ。高校出とけばよかったって後悔しても知らねえぞ」

母、祖父母、学校の先生が言ったことを、五味がまとめて並べ立てる。

体をよじり、早口で畳みかけてくる声を心から締めだした。眼下に広がる大嫌いなS市を、出窓からぼんやりと眺める。

東京から急行列車で一時間ほど離れた静かな町だ。ショッピングセンター、市役所、そして駅が三大施設で、残りの土地を住宅街と畑が埋める。ジオラマのように人影が見えないのは、住民がほとんど車でしか移動しないからだ。

ガラス越しの陽射しが暖かく心地よい。こんなに他人と話したのは何カ月ぶりだろう。たっぷり陽射しに当たるのも。

「こっちかな？……ちょっと手を上げてください。そう、じゃあ、後ろを」

衣擦《きぬず》れの音と、王子の柔らかな声が耳をくすぐる。スプレーらしき音のあとで、柑橘《かんきつ》系の香りがふわりと漂ってきた。とろりと瞼《まぶた》が重くなってきたとき、一色に呼びかけられた。

「直央くん、見て」

一色の声が、「直央くん」と繰り返す。うるせえな、と思いながら振り向いて固まった。

「ゴミラ？」

目を見張っている直央を見て、「どうよ？」と五味が笑う。

控えめな光沢《こうたく》がある、ぴしりと体にフィットした濃紺のスーツを着て、えんじ色のストライプのネクタイにパールホワイトのシャツを合わせている。乏しくなりかけた髪はきれいに整えられ、顔のテカりも消えていた。畑帰りのおっさんが洒落《しゃれ》たビジネスエリートに変身している。

一色が五味の全身にくまなく目を走らせ、埃《ほこり》を取ったりシワを伸ばしたりといじり回す。満足したのか止めた両手を、「どう?」と直央に向かって広げてみせた。

「市長、スーツが似合うよね? 市長は骨格診断でいうとストレートタイプ。筋肉質でフィットしたスーツが似合う体型なんだ」

「……いい服着ただけじゃん」

唖然《あぜん》としてしまった自分を、誤魔化《ごまか》すように言い捨てた。

ほら、やっぱり美容師兼洋服屋じゃないか。イメージ・コンサルタントなんて大げさな、と鼻で笑おうとしたとき、「直央」と改まった声で呼びかけられた。

五味が歩み寄ってきて、身を屈《かが》めるようにして直央の顔を覗《のぞ》き込む。

「さっきの話の続きだけど。お母さんに言えないようなことは、俺に相談してほしいな。お父さんの代わりだと思ってさ」

真剣な眼差《まなざ》しが、直央をまっすぐに見据える。

「一番、今の状況が辛《つら》いのは直央だってこと、よく分かってる」

落ちついた声、ゆっくりとした話し方は、さっきまでの早口のがなり声とはまるで違う。

「でもな、俺は直央に将来、後悔してほしくない。それに直央なら、どんなことも乗り越えられると思う」

五味に「な?」と穏やかに微笑まれ、きゅっと胸が締め付けられた。

動揺した顔を見られまいとうつむいたとき、五味の指が動いているのが目に入った。とん、とん、と腰の辺りでリズムを取っている。

「……俺で練習してんの、それ？」

さっき、一色が「このテンポで話してみて」と、直央の二の腕で刻んだリズムと同じだ。直央は二人を睨んだ。

「最悪。俺を練習台にすんなよ」

「待って。五味市長が今言ったこと、言い方は違うけど、中身はさっきと変わらないでしょう？」

一色に指摘され、直央はさっき言われたことを思い出した。「あ」と声を上げそうになり、慌てて口をつぐんだ。

発声、落ちついたトーン、言葉遣い、まっすぐに向けた眼差し。違うのはそれだけで、言われたことの内容は、ほぼ同じだ。

「ね？　市長は直央くんに、言いたいことを伝えようとしているだけだよ」

一色が人差し指を立ててみせる。そうそう、と五味がうなずき、得意げに付け加える。

「表現は技術。それも含めた指導が、イメージ・コンサルティングなんだってよ」

「市長、背筋」

王子がゴミラの背を軽く押す。早口のがなり声に戻った五味が、直央の頰をつまんだ。

「直央もとりあえず見た目、何とかしろ。そんな恰好してるから怪しまれるんだよ。学校に行ってたころは、もっとちゃんとしてたろ」

「うるせえよ」

突っぱねたが、五味は構わず「頑張れ」と直央を小突いて、迎えに来た秘書と慌ただしく出ていった。早口で打ち合わせをする声が遠ざかり、しんと室内が静まり返る。やっと帰れると出口に向かったとき、「これ」と名刺が差し出された。

とりあえず受け取って目を通すと、横書きの「イメージ・コンサルタント」の下に「一色一磨」、その下には、東京にあるオフィスの所在地などが載っている。裏面は英語表記だ。肩書きのみ、英語表記の下に「形象顧問」と書かれている。中国語だろう。

このグローバル野郎、と表に返したとき、指先で紙がずれる感触がした。確かめると、名刺は二つ折りだ。開いてみると、銀色のミラーフィルムが貼られている。久しぶりに見る自分の顔から目を逸らしたとき、ふっと目の前が陰った。

前に立った一色が、直央の頭の天辺から爪先まで眺め回す。

「直央くんは小柄だけど、頭が小さくて全身のバランスがいいね」

「お世辞かよ」

身を引こうとした肩を、一色に押さえられた。その両手が続いて直央の顔に伸び、次いで両頬をぐいとつまんだ。

「何すんだよ!?」

「見て」

全身鏡に向き直らせた。鏡に映る青白い両頬に血がのぼり、ほんのりピンクに染まっていく。

「ほら、血色がいい方が生き活《い》きとして見えるよ。もっと体を動かした方がいい」

後ろから語りかけた一色が、直央の目を覆う前髪を手を伸ばしてつまんだ。

「顔も、もう少し出した方がいいよ」

鏡に映った一色の口元が、直央の耳の辺りで柔らかく微笑む。

突き放すように身を引いた。目を合わせずに言い放つ。

「おっさんに分かんの？　今どきの高校生のこと」

ふん、と鼻で笑ってみせ、再び出口に向かった。

背中に感じる視線をぴしりとドアで遮る。廊下を歩き出した足が自然と速くなっていく。ちくりと胸を刺す痛みを振り払おうとするかのように。

俺をバカにするからだ。心の中で王子に抗《あらが》ってみても歩みは速くなっていくばかりだ。廊下の角を曲がって現れたエプロン姿の女が、突進してきた直央に驚いて足を止める。

さっき紙吹雪を浴びた女だ。名前は、梢水穂《こずえみずほ》というらしい。直央が推測したとおり、本館ロビーにある「市役所カフェ」に勤める派遣社員だ。容疑が晴れて解放されたあと、職員たちがそう話しているのを聞いた。

羨《うらや》ましいほど大きな目が怯《おび》えたように直央を見る。両腕で、出前に使ったらしい銀色のトレイを身を守るように抱え込んでいる。

——感じ悪い。

——なんか感じ悪い。

耳の奥で声がする。何人もの声が、直央に向けて口々に吐き捨てる。

直央は肩を怒らせ、できるだけ距離をとって梢の横をすり抜けた。

背後で紙がすれる音がした。テーブルで母の鈴子《すずこ》が手紙を封筒から出したのだろう。

直央はキッチンのシンクに向かい、鍋の焦げをこすりながら、耳だけで様子を窺った。

夜の九時前、仕事から帰ってきた母が夕食を終えるのを見計らって、直央は手紙を差し出した。直央が籍を置く高校の担任教師からのものだ。

直央の親は母だけだ。小学校一年のときに両親が離婚し、母と妹とS市に引っ越してきた。田舎に引っ越す祖父母が処分しようとしていた家に、そのときから住んでいる。築三十年近い小さな木造一軒家は、一階が今いるキッチンと八畳の居間、二階が家族三人の個室だ。

駅から歩いて二十分の住宅街は静かだ。手を止めると静寂が襲ってくる。鍋をこすり続ける音に、やがて紙を畳む音が混じった。

しばらく間があってから、今度は母が溜息《ためいき》をつく音がした。身構える直央の背後で、母が「直央」と呼びかけた。

「先生が、そろそろ出席日数が危ないって」

六月の終わりに高校に行かなくなってから、四カ月と少し経《た》つ。欠席日数が規定を超えると留年決定だ。夏休みがあったおかげでまだ少し余裕がある。

「退学の手続き、してほしいんだけど」

直央は蛇口に顔を向けたまま切り出した。

「授業料もったいないじゃん」

努めて明るく付け加え、鍋をこするスピードを上げた。底にこびりついた焦げはなかなか落ちない。頼みごとをする前に、おいしいエビカレーを食べてもらおうと、カラメル色になるまでタマネギを炒《いた》めたからだ。「うそぉ」と大げさな声が聞こえた。

「完璧に引きこもるつもりなんだ？」

風呂上がりの礼衣《れい》が入ってくると、四畳半の小さなキッチンはいっぱいになる。

さらりと長い髪を背に垂らし、前髪にはカーラーを巻いている。中学二年生ながら、身長は直央と同じくらいある。生意気にも直央を正面から見据えた顔が、突然くしゃりと歪んだ。泣きそうな声が訴える。

「ダメだよ、そんなの親不孝だよ。おじいちゃんやおばあちゃんだって――」

「嘘泣きはいいから」

鼻で笑うと、口を尖《とが》らせた礼衣が「この喪中」と言い捨て、隣の居間に入る。「喪中」とは、黒髪を伸び放題にして黒い服ばかりを着ている直央を揶揄《やゆ》する呼び名だ。「うるせえ」と口の中で言い返したとき、母がまた「直央」と呼びかけた。

「今の学校にどうしても行きたくないなら、転校しよう。新しい学校を探そう。今っていろんなスタイルの学校があるでしょう？」

「どんな学校にも行かない。一人で、家で勉強する。高認取るから」

今日は高卒認定試験のガイドブックを選ぶために外出したのだ。

書店はショッピングセンターの中にある。ショッピングセンターはS市にある高校の生徒たちのたまり場だ。市役所で時間を取られ、ショッピングセンターに放課後の生徒たちが集まり始める前に用を済ませられそうになくなり、仕方なく帰宅した。

市役所に紙吹雪をばらまいた奴と、自分を犯人扱いした面々、引き止めた五味、そしてイメージ・コンサルタントの一色のせいだ。また外に出なくてはならないかと思うと、心の底からうんざりする。

母が立ち上がる。自分の本気を伝えるため、直央も母に向き直った。

「ちゃんと将来は手に職をつけて自立するから。それまでは家でできるバイトを探すし、家事もやる。迷惑は掛けないから——」

言葉を切ると沈黙が訪れる。慌てて続ける。

「今、ノマドとかリモートワーカーとかっていって、好きなところで仕事ができるんだよ。多様性の時代じゃん？　俺も俺に合った生き方がしたくて」

「許さない」

ぴしりと母に遮られ、直央は思わず目を伏せた。

母は直央と同じく目の細い柔らかな和風の顔立ちだが、気性はほとんど男だ。法律事務所の経理として働きながら直央と礼衣を育ててきた。猛暑の最中、直央を外に出そうと部屋のエアコンを叩き壊そうとしたことすらある。母の視線に負けまいと声を張り上げた。

「もう、決めたから」

直央はシンクに向き直り、鍋洗いを再開した。母が食い下がる。

「勉強だけすればいいんじゃない。人との関わりを断ち切らないでほしいの」

居間から礼衣がそっと廊下に出るのが分かった。二階の自室へと階段を上がる音が聞こえる。

母親と兄の争いが始まると、いつもそうだ。

「直央、まだ十七歳でしょう？ それなのに引きこもって、誰にも会わないで、人生を狭めてしまうなんてもったいないよ」

「もったいなくなんかない」

直央は言い切った。

努力ならもう、嫌というほどしたのだ。


幼いころから、直央は内気で人見知りの子どもだった。

幼稚園では先生にべったりまとわりつき、園児たちの遊びに加わろうとしない。小学校、中学校ではいつも一人だった。楽しそうに遊ぶクラスメートの輪に、自分から歩み寄れずに取り残されてしまうのだ。

楽しみは、本を読んだり絵を描いたりと一人でできることだけだった。一番好きだった漫画は、皮肉にも仲間と力を合わせて困難を乗り越える冒険ものだった。全巻揃えて何十回と読み直した。

憧れを現実にしようと一大決心をしたのは、高校進学のときだ。

S市内にバス一本で通える高校があるにもかかわらず、隣の市にある高校を選んだ。いわゆる高校デビューを目指したのだ。

少しでも背が高く見えるように、毎日早起きして髪を立てた。テレビ、インターネット、SNSなど、話題になりそうなものを片っ端からチェックし、勉強も頑張った。精一杯明るく振る舞い、興味のない話題にもはしゃいでみせた。課外活動やボランティアにも積極的に参加した。

それでも、気がつくとまた一人だった。

そして高校二年に進級して二カ月ほど経った六月の終わり、直央は現実を突きつけられた。放課後、忘れものを取りに向かった教室で、同級生たちが話をしていた。

――ムカワって、なんか感じ悪い。

鉄槌《てっつい》を食らわされたようだった。追い打ちを掛けるように、その場にいた全員が口々に同意する。

――ねえ？　感じ悪いよね？　なんか。

――そう。なんか、ムカワって感じ悪《わ》りぃんだよ。なんか。

体が震えた。いたたまれずに逃げ去った。

なんか、とは何なのだ。

あれだけ頑張って完璧を目指したのに、どうして疎《うと》まれるのだ。何が悪かったのか、どれだけ考えても分からない。

一つだけはっきりしているのは、この先の人生が真っ暗に塗り潰《つぶ》されたことだ。進学、恋愛、就職。感じの悪い人間に、未来などありはしない。なんか、なんか、なんか――。そんな曖昧《あいまい》な何かで自分は疎外《そがい》され、切り捨てられるのだ。

だったら、自分から切り捨ててやる。


そして直央は引きこもった。

寂しいと思ったことは一度もない。引きこもりならではの新たな楽しみも見つかった。毎日昼間に、BSで再放送されるミステリードラマだ。

サスペンスシアター、名作ミステリー劇場、アフタヌーンミステリー、午後のマダム劇場。選ぶのに苦労するほど放送されている。おどろおどろしい大人の世界で殺人事件が起き、探偵が鮮やかに謎を解くミステリードラマに、直央は夢中になった。将来や希望と一緒に手放したスリルや冒険心は、ドラマを通じた仮想体験で充分満たせる。

前の晩に選んでおいたドラマの開始時間に合わせて、昼過ぎに起きる。居間でテレビを見ながら、前日の夕食の残りか買い置きのインスタントラーメンで昼食をとる。二本目を見たいのを我慢して、一息ついたら掃除にかかる。

キッチン、居間、風呂、トイレの順に掃除を終えたころに、夕食の材料が宅配サービスで届く。食材に添えられたレシピを見ながら三人分の夕食を作る。シングルマザーの母親から小遣いをもらって生きているのだ。このくらいはしなければならない。

母や礼衣が階下にいる時間帯は、部屋で勉強をするか、スマホでニュースサイトか無料のスマホ小説を楽しむ。電話やメッセージをやり取りする相手がいないのにスマホを手放せないのはこのためだ。少ない小遣いから格安スマホのパケット代を必死でひねり出している。

夜は、母と礼衣が自室に引き上げたあとで階下に向かい、テレビやパソコンを占領する。外に出るのは真夜中近くなってからだ。ジョギングをして体を動かせば、明け方、ベッドに入ってからすんなりと寝付ける。

それでも今夜は早めに寝て、明日こそ早起きしなければならない。

小腹が減った夜の十一時過ぎ、残りものを食べ皿をシンクに下げながら、高卒認定試験のガイドブックのことを思い出した。

あれから三日、雨が降ったり昼寝してしまったりで、まだ選びに行けていない。礼衣に頼んでも絶対に引き受けてもらえない。母から直央に頼まれてもお使いはするな、と厳しく言い渡されているからだ。

「──午後、S市市役所の──」

皿を洗おうと蛇口に掛けた手を止め、居間のテレビに目をやった。

ケーブルテレビ局のニュース番組だ。コンクリート壁の倉庫が映し出されている。

「──発煙筒が誤って噴射するという事故がありました」

画面が市役所の外景に切り替わる。

「市役所のカフェに勤める女性職員が、軽いケガを負ったということです」

直央の脳裏に、謎の紙吹雪に見舞われた、梢水穂の顔が浮かんだ。

もしも、梢水穂がまた狙われたのだとしたら、今ごろどうしているのだろう。頭の中で、彼女の美しい猫顔が怯えたように歪んだ。

すぐそこで起きた事件に胸がざわつく。しかも、もしかしたら自分は事件の一場面に居合わせたかもしれないのだ。

シンクに向き直り、皿と一緒に頭の中をざっと洗い流そうとした。

俺には関係ない。外の世界で起きた事件だ。スポンジに向けて食器用洗剤のボトルを押すと、小さな泡が吹き出した。

中身が空になっている。ふわりと漂った小さな泡が、直央の溜息でぱちんと弾けた。


真夜中近い道路は車の流れも絶えている。歩く人が少ないから街灯も少ない。先日、五味の選挙ポスターが貼られていたことにも気付かないわけだ。

ここまでジョギングしてきたが、コンビニの灯《あか》りが見え始めたところで徒歩に変えた。Tシャツの袖で額の汗を拭い、呼吸を整える。知った顔に会わないように祈りながら、コンビニに目をやり、弾かれたように目を逸らした。

恐る恐る視線を戻した。見間違いではない。一色がガラス壁に面したカウンターに座っている。組んだ両手にあごを載せ、直央をじっと見つめている。

見てんじゃねーよ、と睨み返したが一色は視線を逸らさない。いたたまれず一色の視線から逃れた直央は、あれ、と気付いた。一色はまだ同じ方を見つめている。

店に入り、一色が座るカウンターの方をそっと振り向いてみる。次の瞬間、後ろ姿の一色が軽く顔を傾けた。

その仕草で一色が何を見ているのか分かった。ガラスに映った自分の顔をじっと見つめているのだ。うわナルシスト、と直央が噴き出すのと同時に一色と目が合った。慌てて笑いを引っ込めた。

「こんばんは」

王子は体ごと振り返り、爽やかな笑みを直央に向ける。

真夜中近いというのに、髪にも服装にも乱れはない。王子のお供は前に置いたコーヒーの紙コップと広げた新聞だ。五味に何か言われたら面倒なので、ちょっと頭を下げて応えた。

こんな夜中の田舎で何をしているのだろう、と思いながら、棚から食器用洗剤を、冷凍食品のケースからアイスコーヒーのプラスティックカップを取った。〇時をお知らせします、というアナウンスを聞きながらレジで会計を済ませた。セルフサービスのコーヒーサーバーは、王子が座っているカウンターのすぐ後ろだ。

「明日は午前中に五味市長と会うから、前乗りしたんだ」

一色の指の先を追うと、駐車場にワンボックスのドイツ車が止めてある。駅前にあるビジネスホテルにでも泊まるのだろう。

君は何をしているの、と問いかけるような視線は無視して、氷の上に流れ落ちるコーヒーを見つめた。流れが今日はやけに遅く感じる。ようやくカップをマシンから外したとき、再び声がした。

「また、事件が起きたよ」

振り返ると「市役所で」と一色が折りたたんだ新聞を直央に差し出す。きれいに磨《みが》かれた爪が、中くらいの大きさの見出しを示した。

『市役所で発煙筒の誤噴射？ 派遣社員が軽傷』

「知ってる。カフェの人でしょ。ケーブルテレビで、軽いケガだって」

「右の足首を挫《くじ》いたんだって。逃げようとして」

「逃げる？」

フタに刺そうとしたストローが滑った。一色が新聞広告の余白に、胸ポケットから出したシルバーのボールペンで図を描いてみせる。つられて一色の隣のカウンターチェアに尻を載せ、描かれる図を覗き込んだ。

「倉庫の入口は、五段ほどの階段になってる。その上から何者かが点火した発煙筒を中に投げ込んだ、って梢さんは言ってるんだそうだよ。で、パニックで後ずさりして転んだと」

テレビでちらりと見た、コンクリート壁の倉庫を思い出した。サスペンスドラマで監禁場所に使われる、窓のない荒れ果てた倉庫がオーバーラップする。そんなところで襲われて、梢はどれだけ怖かっただろう。

一色が「それだけじゃなくて」と続けた。

「一度、変な手紙を送りつけられたんだって。『消えろ』って」

「詳しいじゃん」

市役所に出入りしているとはいえ、あくまで一色はビジターのはずだ。「警備員さんから」と、王子が耳を指で示した。

「市役所に通ってるうちに仲良くなって。五味市長は就任直後で忙しいから、待つことも多くてね」

納得できる理由だが、それはそれでまた不可解だ。

一色の名刺に記載されていたオフィスの所在地は南青山《みなみあおやま》だ。そんなお洒落な場所には行ったことはないが、都内なら高速を使っても一時間はかかるだろう。

前乗りするのは分からなくもないが、そもそも、グローバル野郎のくせに何でこんな田舎の市役所に出入りしているのだ。しかもボランティアだという。

考え込む直央を勘違いしたのか、一色が「心配だよね」と一人うなずき、きれいな指をひらひらと動かしてみせた。

「直央くんは、紙吹雪が降ったあのときが、梢さんとの初対面だったの?」

「ほかに知り合う機会なんてないもん。年、違いすぎるし」

車社会のこの町では、近所の人とすら顔を合わせることは少ない。加えて地元で働く若い世代は多くない。都内まで出るか、母のように近くのターミナル駅まで出る者が大半だ。

「そうだよね、知り合いじゃないか……」

「興味、あるんだ？」

梢に、という意味を込めて、ずばりと言ってやった。「まあね」と一色が平然と答える。

「紙吹雪の事件もあったでしょう？　何か訳がありそうで」

一色が人差し指を立てる。いちいち芝居がかった男だ。

「ストーカーでもいるんじゃん？」

あれだけの美人ならおかしくない。だが一色は「違うと思うな」とあっさり否定した。

「ストーカーだったら、二人きりになるときを狙うはずだよ。それなのに、梢さんが襲われたのは二度とも市役所内で、しかも真昼だった」

言葉に詰まり、新聞に描かれた図に視線を落とした。

悔しいが一色の言う通りだ。ミステリードラマでヒロインが危機に陥るのは、ほぼ夜か夜中、ひと気のない道や公園を歩いているときだ。警備員のいる市役所で、真っ昼間に襲いかかるなんて解《げ》せない。

「しかも犯人は、人に見られる危険を冒して、段ボール箱を抱えて市役所内を移動までしたんだよ」

「……このくらいの」

直央は長さ三十センチほどの箱の大きさを、両手で示してみせた。一色がうなずく。そして几帳面《きちょうめん》にジャケットの袖を引っ張って整えてから、カウンターに頬杖《ほおづえ》をついた。

「危険を冒してでも、昼間、もしくは市役所内で襲う必要があった。何かのアピールかな？」

「脅かそうとしてるんじゃん⁉」

一色が言い終わるのを待たずに声を上げる。つい昨日見たばかりのミステリードラマを思い出したのだ。

――『社内恋愛の闇！　嫉妬の刃《やいば》が女子社員を襲う！』

あ、と直央は声を上げた。

「犯人は市役所内の人だよ。別館なんて一般人が行くところじゃないし」

直央は一色が置いたボールペンを取り、新聞の余白に別館と中庭の図を簡単に描いてみせた。犯人扱いされたあと、家のパソコンで市役所の見取り図を確認してみたのだ。図に見入る一色に、さらに説明する。

「カフェの人は市役所の中に出前に行くみたいだし、みんなに知られてるってことじゃん。もしかしたら梢さん、市役所の誰かに嫉妬されてるのかも。三角関係とか。あ、痴情《ちじょう》のもつれ⁉」

ふ、と一色が笑みをこぼしたのを見て、直央は自分の声が大きくなっていたことに気付いた。気まずい思いを誤魔化そうとストローを吸うと、ずずっ、と情けない音がして慌てて唇を離した。きれいに指を揃えて紙コップを口に運んだ一色が言う。

「まあ、美人の闇、っていうことかもしれないね」

意味が分からず見つめ返した直央の顔を、一色が覗き込む。

「興味、ある？」

「……別に」

ストローでカップに残った氷をかき回した。

そっと隣の一色を窺うと、直央が描いた別館と中庭の図にまだ見入っている。

もしかして、と直央は閃《ひらめ》いた。

一色は美しい梢に目をつけて、事件を口実にして近づくつもりなのかもしれない。

目の前のガラスにふわりと梢の猫顔が浮かんだ。怯えたような大きな両目が助けを求めているようだった。


「ランチメニューはラストオーダーになりますが、いかがなさいますか？」

梢水穂にじっと見つめられた直央は、思わず目を伏せた。

市役所カフェでオーダーを取りに来た梢水穂の表情は、数日前、市役所の廊下で出くわしたときよりは和らいでいる。しかし愛想笑いは氷のように冷ややかだ。

「ケーキは、ランチタイムが終わってからも食べられますよね？」

向かいに座る一色が梢に確かめ、「食べるでしょう？」と直央に笑いかける。

「いらない」

直央は撥《は》ね付けた。直央の答えを待つ梢が、まあ子どもね、とでも言いたげに口の端を歪めたのが見えたからだ。

すぐ横のガラスの壁越しにロビーを行き交う人々が見える。こんな真っ昼間に外で食事をするなんて、緊張して冷えたライスが喉に詰まりそうだ。

今日こそ書店に行こうと外出したついでに、ちょっとだけ梢の様子を見てみようと市役所に寄った。ところがロビーに入るなり、ランチタイムの行列に一人で並んでいた一色に見つかり、王子スマイルで丸め込まれて付き合わされたのだ。

カフェは学校の教室二つ分ほどのスペースだ。十人は座れる大テーブルが縦長に置かれ、周りに二人掛けのテーブルが配置されている。入口の横にはレジがあり、その隣にはフロアとキッチンを分けるカウンターと食器の返却口が並んでいる。ランチタイム終了間近とあって、残っている客は一色と直央だけだ。

カレーをご馳走《ちそう》してもらったのはいいが、「偵察だからゆっくり食べて」と言われ、スプーンでちびちびと白飯を削っている。一ミリも口の周りを染めることなく、華麗にスパゲッティ・ナポリタンを食べている王子が、メニューを回収して去っていく梢を示した。

「梢さんは派遣社員で、店長の次にあたる地位。このカフェは、市内にあるフードサービス会社に市が運営を委託しているんだって」

一色がジャケットのポケットから四つ折りの紙を出し、直央の前に広げる。

企業案内のコピーらしい。食品や飲料の納入からレストランやカフェの委託経営まで、食品関連事業を幅広く行う会社だと書かれていた。

「あのさ、梢さんのこと――」

何でそこまで調べるのか、と聞こうとしたとき、ガラス壁が叩かれた。

秘書を従えて外出するところらしい五味が、ガラスの向こうから直央と一色に手を振る。にこやかに目礼した一色が、声を出さずに何か言い、両手で空気を挟むような動作をした。五味が背筋を伸ばしたところをみると、せすじ、と注意したようだ。

椅子を引く音がして振り返ると、真ん中に置かれた大テーブルで、二人の男が立ち上がったところだ。蝶《ちょう》ネクタイをつけた店長らしき男と、スーツの胸にIDカードを下げた職員が、五味に頭を下げている。見送った二人が座りながら、何でお前らが市長と知り合いなのか、と言いたげな視線を直央たちに投げた。

「お待たせしました」

奥から出てきた梢が、その二人のテーブルに加わった。

何かの打ち合わせのようだ。二人が交替で説明し、梢は熱心に耳を傾けている。ひとしきり話してから、店長が梢に手を合わせた。

「梢さん、いろいろあって大変そうなのに、面倒なお願いをしちゃってごめんね」

「いえ、店長や茂木《もぎ》課長にまで、ご心配をお掛けしてすみません」

少し肩をすくめるようにして柔らかく微笑んだ梢に、直央は思わず見とれた。怯えたような顔か氷のような営業スマイルしか見たことがなかったからだ。

茂木も目を細めて梢を見ている。年齢は四十代前半、生え際が後退し始めた涼しげな顔立ちに、シルバーフレームのメガネを掛けている。お洒落なのだろう、ダークグレーの高そうなスーツをきっちり着込み、スマホにはスーツとマッチした、グレーの太い格子と細い格子を組み合わせたチェック柄のカバーをつけている。三人の中では一番上の立場のようで、「芝山《しばやま》さん」

と呼びかけただけで、蝶ネクタイの男が立ち上がってカウンターに向かった。

「皆さん、ちょっと来てー」

芝山は、店の制服らしいシャツと黒のパンツを身につけている。陽に焼けた顔の中で、なぜか眉だけが妙に目立つ。目を凝《こ》らすと、眉は真っ黒なのに髪だけをダークブラウンに染めているのが見て取れた。若作りだが、肌のたるみ具合と目尻のシワからみて、年齢は三十代後半といったところだろう。

カウンター端に切られた出入口から、梢と同じシャツにエプロン、スカートをつけた女が二人、調理服を着た男が一人、ぞろぞろと現れた。テーブルの周りに集まったところで、芝山が改まって切り出した。

「皆さん、茂木課長が所属する商工業振興課が、市の特産品や観光スポットをアピールする部署なのは知ってますよね？　商振課が、来週『地産地消のための意見交換会』を市役所で開催します。五味市長にも加わっていただき、市内で生産される野菜や加工食品などの特産品の需要拡大について、市民の皆さんと考えようという会です。その会を急遽《きゅうきょ》、このカフェで行うことになりました」

三人が「え？」と真顔になった。茂木が説明を引き継いだ。

「五味市長の人気が高くて、参加希望者が予定を遙《はる》かにオーバーしまして。普通なら抽選で人数を絞るのですが、なるべく多くの方に参加してもらいたい、との五味市長のご希望です」

茂木は真面目な性格なのだろう。一人一人を順に見つめ、噛んで含めるように告げる。芝山にも「お願いします」と念を押し、梢に笑顔で会釈《えしゃく》をすると、スマホを手にカフェを出ていった。

「せめて、もっと早く言えねえのかよ」

調理帽の下から短い銀髪をのぞかせた、六十歳前後らしき男が舌打ちした。芝山が「矢吹《やぶき》さーん」となだめるのも聞かず、ガラス壁の向こうを歩いていく茂木を睨む。

「いっつも急に仕事を増やしやがって」

「仕方ないわよ。市長の命令なんだから。茂木課長だって可哀想じゃないの」

メイクの濃い四十代半ばの女が、ガラス壁の向こうに手を振る。「安孫子《あびこ》さんは優しいなあ」と持ち上げる芝山は無視だ。肩に掛かるほどの髪に、シャツの胸元をエプロンに隠れるところまで開け、パワーストーンのブレスレットをつけている。妹の礼衣がつけているのと同じピンクだ。礼衣と同じように、好きな男でもいるのかな、と直央は安孫子を見た。

「残業になんないよね？　私、予定入れちゃったよー」

もう一人の女が、芝山にタメ口で話しかける。年齢は二十歳くらい、小柄で小さな目に厚い唇をした、ウナギのような顔をした女だ。

「田野《たの》ちゃん、それは当日の仕切り次第ってことで。梢さん、よろしくね」

芝山に笑いかけられ、梢が困ったような笑みを浮かべる。矢吹、安孫子、田野の三人は、芝山の軽口に笑っている。和やかな雰囲気だ。

芝山が打ち合わせに行くとカフェを出ていく。直央は「ごちそうさま」と一色に告げた。

「もう帰るの？」

「別に、心配する必要なさそうだし」

梢には職場の仲間がついている。王子が梢を狙っていようがいまいがどうでもいい。それより、今日こそ郵便局に行くのだ。一色に小さく頭を下げ、席を立とうと腰を浮かせた。

「梢さん、ちゃんと聞いてください」

大テーブルから聞こえた尖った声で、直央は動きを止めた。

田野が立ち上がった梢を睨むように見上げ「笑いごとじゃないんです」と畳みかけている。

店長にはタメ口なのに、梢には敬語だ。何ごとか、と直央は浮かせた腰を椅子に戻した。

「ほんと私その日、残業できないんで。帰れないとか絶対ないようにしてください」

「できるだけのことはします」

答えた梢の顔を見て、直央は唖然とした。

口元だけに冷ややかな笑みを浮かべ、視線は田野の顔から、すぐに手にしたノートに向ける。聞き流しているようにしか見えない。食い下がろうとする田野を遮るように、梢は矢吹の方を向いた。

「矢吹さん、もう意見交換会まで日がないんで、追加注文するものは早めにお願いします」

すげえ、と直央は目を見張った。

梢は心持ちあごを上げて目を伏せ、口元を歪めて言い放ったのだ。自分の親ほどの年齢の男に向かって命令している。

「はいはい、分かりましたよ！」

矢吹も忍耐強い方ではないようだ。言い捨てて、足音高くキッチンに戻っていく。見送った安孫子がたまりかねたように、レジに移動する梢に向き直った。

「あのさ、追加注文するものは、まずあなたがリストアップして矢吹さんに渡したら？　あの人単純だから、少しでも手間が省けりゃ喜ぶわよ」

釣り銭をチェックしていた梢が片頰を上げ、鼻で笑う。

「……そうですね、考えてみます」

せっかくのアドバイスを冷淡にあしらわれ、安孫子が唇を嚙むのが分かった。

梢は構わずチェックを終わらせ、安孫子と田野に背を向けながら、「お願いします」と言い捨ててカウンターに向かった。キッチンに入り、その奥にある事務所らしきスペースに入っていく。

感じ悪っ、と直央は心の中で叫んだ。

上司である芝山や取引先にあたる茂木の前では猫を被り、部下である安孫子たちにはあの態度だ。梢が万事この調子ならば、山ほど恨みを買っていそうだ。

直央の目の前では安孫子に田野が歩み寄り、梢の去った方をあごで示して、険しい顔でささやきを交わしている。

じろじろ見るわけにもいかず、前を向いて耳に全神経を集中していると、一色が立ち上がった。安孫子たちに数歩近づく。

「すみません。コーヒーのお代わり、いただけますか？」

「今、お持ちします」

安孫子が田野に目で促した。この非常時に何呑気《のんき》なことを言ってやがる、と、すぐ横にいる一色を見上げると、その顔が安孫子にいたずらっぽい笑みを向けた。

「さっきの方、なかなか強烈でしたね。梢さん、でしたっけ？」

「はあ……」

安孫子が戸惑ったように一色を見る。何する気だ、と直央は一色と安孫子が見えるように座り直した。

「いつも、あんな感じなんですか？　彼女」

「……ええ、まあ」

安孫子が曖昧に笑い、コーヒーを注ぎ終えた田野と視線を交わす。二人とも、明らかに警戒しているのが分かる。突っ込みすぎだろ、と直央が止めようとしたとき、一色が「あ」と真顔になり、恥じ入ったように口に手をやった。

「いけない、差し出がましいことを。このカフェにはお世話になってるから、心配になってしまってつい」

王子が安孫子に、きらめくような笑みを向けた。

直央や警備員の抵抗を吸い取ったときと同じ笑顔だ。もしかして、と直央が気付いたとき、席に戻ろうとする王子に「待って」と声が掛かった。

「こちらこそごめんなさいね、ご心配をお掛けして」

安孫子の抵抗も王子に吸い取られたようだ。

「あの子、お客さんにも不愉快な思いをさせてません?」

「え!? 彼女、お客さんにまで、あんな感じなんですか?」

王子が大げさに驚いてみせる。

「……そうよ。前々からね、私、あの態度はどうかと思ってるのよ。ねえ田野ちゃん? 言ってるよね、私? いくら私たちより立場が上だからって、あれはないわよ」

警戒心という堤防を打ち砕かれた安孫子が、声は潜めながらも怒濤《どとう》のようにまくしたてる。

真剣な顔で相槌《あいづち》を打つ一色と一緒に、直央もじっと耳を傾けた。


「わざとでしょ? さっき安孫子さんの前で引いてみせたの」

三メートルほど先で揺れる、ダークブラウンのまとめ髪を追いながら、直央は隣の一色に小声で尋ねた。「いけない」と、さっきの王子を真似ると「しっ」と制された。

カフェで安孫子と田野から話を聞いたあと、商工業振興課に行くとカフェを出た梢を追い、本館一階の廊下まで来たところだ。

「何であとをつけたりすんの? 普通に声掛ければいいじゃん」

「人が素の顔を見せるのは、無意識のとき。だから不意打ち」

ファイルを手にした梢は、廊下をまっすぐ進んでいく。突き当たりにある階段が近づいてくると、歩く速度が落ちた。次いで深く息をつくのが聞こえた。

「今だ」

一色が小走りで梢との距離を縮めた。後ろから肩を叩かれた梢が足を止めて振り返る。

「え？」

直央は目を疑った。

梢の眼差しは沈み、口元は歪んで泣き出しそうな表情だ。さっき見せた高慢な笑いがうそのようだ。化け猫はどこに行ったと目を見張る直央をよそに、一色が「お疲れさまです」と朗らかに声を掛けた。

「……お疲れさまです」

向き直り、小さく頭を下げた梢の顔を見て直央は唖然とした。

美しい顔が今度は嘲笑を浮かべている。

何重人格だよ、と混乱する直央の前で一色は梢に近づく。いつの間にか手にしていたスマホを出し、梢に向けてシャッターを押した。

「何なんですか⁉」

梢が飛び退く。一色は臆《おく》せず梢に歩み寄り、スマホを差し出した。

「見てください。あなたの笑顔。作り笑い」

「作り笑い？」

聞き返す直央を遮るように、梢が言い返した。

「やだ、違います、作り笑いなんて。ていうか、あなた、何なんですか？」

「イメージ・コンサルタントの一色と申します」

梢が差し出された名刺と一色の顔を見比べる。「見て」と一色が、スマホの画面一杯に表示させた梢の「笑顔」を指し示した。

「笑顔なのに頬が上がっていません。目尻も下がっていない。顔が左右、非対称になっています」

直央も画面を覗き込んだ。一色の言うとおりだ。一色が容赦なく続ける。

「おまけに、あごが上がっている。だから人を見下しているように見えます。梢さんは笑い方が下手ですね。それが感じ悪い原因です」

「感じ悪い、って……！」

「梢さんを見た人は、こうなる」

顔を引きつらせた梢に、一色が直央の手を示した。

右腕が警戒するように胸をかばい、右手はぎゅっと左の二の腕を握りしめている。慌てて手を離したが、梢は呆然《ぼうぜん》と直央を見つめている。

「梢さん、今度は僕の顔を見てください。分かりますか？」

一色が梢に向けて薄ら笑いを浮かべた。

頬も目尻も動かない、口の片端だけを上げた笑いだ。梢が気圧されたのか、一歩後ずさる。

「分かるか、って、何……？」

一色は答えず、同じ笑みを浮かべたままだ。

苛立《いらだ》った直央は一色に一歩迫った。

「何だよ⁉」

「直央くん、梢さんの作り笑いはこんな感じでしょう？」

「……うん」

梢には気の毒だが正直に答えた。

恐る恐る梢に視線を向けると、顔がさらに引きつっている。一色がいつもの穏やかな表情に戻った。

「美人を見ると、人は交感神経を刺激されるといいます。興奮する人もいれば、緊張する人、恐怖を感じる人もいる。それが『美人の闇』。梢さんは美人な上、顔のパーツが大きいから、笑い下手の感じ悪さが余計に増幅されてしまうんです」

――あの子、見下してるのよ、私たちのこと。

――あの人、なんかうそくさくて不気味。

直央は、ついさっき安孫子と田野が一色にぶつけた、怒りと不満の声を思い出した。

おそらく矢吹も、聞けば二人と同じようなことを言うだろう。その原因は梢の作り笑いなのだ。

「誤解、されちゃったんだよ」

うつむいてしまった梢を励ましたくて言ってみた。一色も声を掛けた。

「あなたも辛いんでしょう？　作り笑いをするってことは、自然に笑い合えない関係なんじゃないですか？　カフェの人たちと」

梢が小さくうなずいた。

ファイルを抱えて壁にもたれると、苦笑いを浮かべ、諦めたような声で語り始めた。

「……私、昔から人付き合いが苦手で。カフェの従業員は、うんと年上か年下で、どう接していいか分からなくて。私は普通に話してるのに、都会にいた人は違うねー、とか、嫌な感じで言われたりもして」

梢は半年前まで東京で働きながら暮らしていたという。しかし高い家賃が負担となる上に、人見知りで出歩くことも少なく、東京で暮らす意味がないとS市の実家に戻った。そして市役所カフェで働き始めた。

それでも地元密着型の住民にとっては、都会にいた女だ。まして背の高い猫顔の美女とくれば、お高くとまっていると見られてしまっても不思議ではない。

「みんな、芝山店長には敬語を使わないのに、私にだけは敬語で話しかけるんです。私、あの三人から名字でしか呼ばれたことがないし。陰ではあの子、あの人、あいつ。聞いちゃったことがあるんです。腰を低くして接してるのに、どんどん嫌われていくばっかりで」

「そしてストレスで、作り笑いがもっとぎこちなくなる。感じが悪くなって、さらに嫌われる」

一色の解説に直央は「それじゃ」と声を上げた。

「市役所カフェの誰かが怒って、梢さんに嫌がらせをしたってこと？　頭上から段ボールを落としたり、発煙筒を投げつけたり」

「……私が、感じ悪いから？　感じ悪いから、あんなことまでされるんですか？」

梢の片頬がぴくりと引きつる。一色が朗らかに声を掛けた。

「それなら、感じ良くなりましょう」

「感じ良く？」

「感じの悪いあなたが、感じ良くなる。そうしたら、周りの反応が変わるでしょうし、嫌がらせだって止《や》むかもしれない」

「そんなの、どうやってやるんだよ？」

「五味市長も仰《おつしや》ってたでしょう？　表現は技術だ。僕が、彼女にその技術を教える」

しばらく黙っていた梢は、もたれていた壁から身を起こした。そして一色に淡々と告げる。

「カフェ辞めます、私」

「辞めてもあなた自身は、何も変わりませんよ」

「いいです」

梢は階段を上がり始めた。「梢さん」と追おうとする一色の腕を、直央は摑んで止めた。

「もう頑張ったんだよ」

一色の視線を受けて手を離した。

直央だって頑張ったのだ。同級生に好かれたい、受け入れられたいと頑張って、そして報われなかった。

「頑張ってダメだったから、心が折れたんだよ」

「物事はドアと同じ。やみくもに体当たりすれば傷つくのは当たり前。ドアを開けたいのなら、鍵を手に入れるしかないんだ」

一色が、梢を追って階段を上がり始めた。

どうするつもりだと、直央も追いかけようとした瞬間、階上で悲鳴が響いた。一色を追って、一段飛ばしで駆け上がった。

三階から数段上がったところで、白い何かをまとった梢の体が揺らいでいる。

突き出た腕が宙を泳ぐ。必死で手すりを摑もうともがいた拍子に、バランスを崩して大きく揺らいだ。危ない、と直央が息を呑んだとき、一色が手すりを摑んで梢を抱きとめた。

一色と直央で梢を抱えるようにして階下まで導き、体にまとわりついた白いものを外した。クモの糸のようなそれは、細く白いナイロン糸でできた網だ。一色が手に取って検《あらた》めた。

「植物用のネットだね。ツタを這《は》わせたりするときに使うものだ。誰かが上で待ち構えていて、梢さん目がけて投げ落としたってわけか。ネットなら、小さく丸めれば目立たずに持ち歩けるしね」

おそらく犯人は、梢を見かけて階上に先回りし、上がってきた梢に向けてネットを投げたのだろう。

「よかったね、階段を上がりきってなくて」

直央が投げ出されたファイルを拾いながら言うと、うつむいている梢の体がびくりと震え、しまったと唇を噛んだ。階段を上がりきるところでネットを投げつけられていたら、二メートル以上の高さから転げ落ちていたかもしれないのだ。

「……死にたくない」

梢が顔を上げた。

「やられっぱなしでいるのは、もう嫌。私が感じ良くなれば、嫌がらせが止むかもしれないんですよね？　やります。私、何でもやります。私を、感じ良くしてください。お願いします」

梢が一色に、深々と頭を下げた。

一色が梢の肩に触れ、顔を上げさせた。そして、にこりと笑った。

「じゃ、遠慮なく」

数えるほどしか来たことのないカラオケボックスの受付ロビーを見回していると、カウンターの向こうで案内の準備をしている店員と目が合った。直央たちを見て、どういう関係なんだろうと訝《いぶか》しんでいるように見える。黒ずくめの少年と「鏡がある部屋をお願いします」と店員に微笑みかける王子、そして猫顔の美女の三人連れだ。

仕事を終えた梢は髪をほどき、淡いグレーのニットワンピースを着て、緊張した面持ちで佇《たたず》んでいる。きりりと髪をまとめてカフェの制服を着ているときよりも、優しく大人しそうに見える。俺がついてるからね、と直央は心の中で梢を励ました。

帰宅して夕食の準備をしてから、もう一度市役所に行き、一色と退勤した梢に合流した。梢にレッスンを施《ほどこ》すにあたって、一緒に来て、と頼まれたからだ。

——梢さんを狙っているのはストーカーかもしれない。

そうだとしたら、僕と二人きりでいるのを見たら腹を立てるかも。

一色の言葉を聞いた梢にも頼まれ、直央は仕方なさそうに承知してみせたのだ。

「何すんの？　こんなところで」

ドリンクを運んできた店員がドアを閉めて去った瞬間、梢よりも先に一色に尋ねた。

壁の一面が鏡張りになった二畳ほどの部屋だ。テーブルで一色が持ち込んだバッグを開く。

何が出てくるのかと息を詰めて見守っていると、取り出されたのはショッキングピンクのゴムボールだ。

「梢さん、これをあごの下に挟んで」

ゴムボールを差し出された梢が、怪訝《けげん》そうな顔をしながらも、あごと首で挟む。

「そのまま歌って」

「……あにを？」

口の動きを阻まれて、梢がたどたどしい口調で聞き返す。

「何でも。好きな曲をどうぞ」

「……あい」

梢がリモコンを手に取った。

カラオケ機器に入力した楽曲は、少し前に流行《はや》ったＪ－ＰＯＰだ。両手でマイクを握りしめた梢は、伴奏に合わせて歌い始めた。

ハミングもコーラスも歌詞を忠実に追い、フェイドアウトのエンディングも伴奏が消えるまで歌う。生真面目《きまじめ》な性格が、歌い方から伝わってくる。

直央は放っておけずに、手拍子で梢の歌を応援した。お前もやれ、と王子に目をやると、アイスウーロン茶を飲みながら、壁の鏡で自分の顔を見ている。

「次は?」

ボールをあごに挟んだまま歌い終えた梢が、一色に尋ねた。ボールを挟むのに慣れたのか、発声が前よりはっきりしている。

「歌って。いいって言うまで」

梢が新たな曲を入力し、歌い始める。手拍子を打ちながら見守っていると、梢は歌いながら、ちらちらと一色の反応を窺っている。

一色はといえば、鏡に映った自分の顔に見入ったままだ。直央が耳元で部屋にあったタンバリンを鳴らしてやると、「ん?」とこちらを向いた。

「技術を教えるんじゃないの? 梢さんに」

「そうだよ、教えてる」

澄ました顔がまた鏡に向く。うそだったらゴミラに言いつけてやる、と直央は一睨みして手拍子に戻った。

「はい、そこまで」

ようやく一色が梢のリサイタルを止めたのは、十曲近く歌わせたあとだ。手拍子を続けて痛む手をアイスコーヒーのグラスで冷やした。梢はゴムボールをあご下に挟んだまま、疲れたように息をついている。「お疲れさま」とソファーから立ち上がった一色が、直央に「見てて」と声を掛けた。そして、手を伸ばして梢のゴムボールを取った。

「え?」

直央は梢の顔に見入った。一色が促す。

「気がついたことがあったら言って」

「……何か、可愛くなってる」

同じ美貌なのに、前より威圧感が和らいでいる。「ホントに⁉」と梢が声を上げた。

「あれ?」

直央は首を傾《かし》げた。梢の美貌にまた、威圧感が戻ったからだ。

梢が「何?」と不安げに尋ねる。一色が「元に戻ってしまったから」と説明した。

「分かるかな? これは、あごの角度の違いなんだ」

一色が「失礼」と梢のあごに指を添え、ほんの少しだけ引き下げる。直央は感嘆した。

「可愛くなった!」

一色が「でしょう?」と笑い、ボールを見せながら梢に解説した。

「梢さんは少し、三白眼《さんぱくがん》っぽいでしょう? それであごを上げ気味にして相手を見るから、見下しているように見えてしまう。キツめの顔立ちだから、余計にね」

教えられたとおり、梢があごの下に今度は見えないボールを挟む。直央は梢に告げた。

「可愛い」

梢が頬を赤らめてうつむく。「あごですね」と口の中で繰り返し、スマホを取り出して文字を打ち込んだ。メモしたらしい。気付くと直央もあごを上げ下げしていた。

「ほんのちょっとなのに、全然違うんだ……」

「まだまだ。次はこれ」

一色が今度はおつまみ盛り合わせのカゴを梢に差し出した。ポテトチップス、ポップコーン、ポッキーが入っている。これからもっと可愛くなるのだと、直央は期待を込めて梢を見つめた。


何で俺がこんなことをしているのだろう。ざばざばと大量の小松菜を洗いながら、直央はカウンターの向こうをそっと窺った。

カラオケボックスでのレッスンの翌週、土曜日の午後に市役所カフェで「地産地消のための意見交換会」が開催されている。

直央はエプロンをつけ、衛生帽に髪の毛を全部押し込んで、キッチンで調理の手伝いをしている。梢が可愛くなったせいだ。

——意見交換会の当日、臨時でアルバイトさんを入れることになったの。

まったく知らない人だと緊張するから、直央くん、お願い。

人前に出たくない、と一度は断ったが、可愛くなった梢に心細そうな顔をされて、つい承知してしまった。慌ただしい意見交換会を、カフェのメンバーとスムーズに進めていけるか、梢が緊張しているのが伝わってきたからだ。

「S市の特産品をより多くの方に味わっていただくために、皆さんにぜひ、たくさんのご意見を頂戴したいと思っております」

五味の響きのいい声が聞こえてくる。

すぐ向こうに三つ並んだ後頭部の中央が五味だ。カウンター前に移された大テーブルに、商工業振興課の担当職員と並んで座り、集まった市民たちと向き合うように座っている。三列の長テーブルに組み替えられた席だけでなく、補助席まで設けられたほどの盛況だ。カフェの一番奥に置かれた関係者席では、一色が十数人の市役所関係者と一緒に会を見守っている。

需要を拡大するために、小松菜や団子、緑茶などS市の特産品を手軽に楽しく味わえるメニューを考案しようというのが、会のテーマだ。今は特産品の一つ、団子についてディスカッションをしている。五十人を超える参加者が、配られた団子を試食し、意見を述べる。

一品検討が終わると、芝山店長と梢、安孫子が新たな品を各席に運ぶ。食べ終えると皿を下げ、冷茶や水の補充をする。田野と手伝いの直央は、矢吹の下で調理の手伝いをしている。

「ありがとうございます」

追加の紙コップを取ってくれた安孫子に、梢が笑顔で礼を言う。安孫子が梢を二度見する。梢が笑うたびにだ。

控えめだが温かい梢の笑みは、紙吹雪や白いネットで襲われたころとは別人のようだ。一色がカラオケボックスで、梢にポッキーを横ぐわえさせて教え込んだからだ。

——口角《こうかく》を両方上げて。頬や口角を片側だけ上げない。

　皮肉っぽく見えてしまうからね。

三品目に差しかかったころ、梢がフロアに出した大皿を手に、キッチンに戻ってきた。小松菜を切っている直央の横で、揚げ物にかかろうとしている矢吹に歩み寄り、「すみません」と声を掛けた。「なんだ？」と顔を向けた矢吹に、「これなんですけど」と大皿を遠慮がちに差し出した。

「この里芋を半分のサイズに切ってもらえませんか？　市長が年配の方にはその方がいいだろう、って仰って」

梢の顔にいつもの作り笑いはない。真顔でじっと矢吹を見つめている。これも一色の教えだ。

——常にへらへらしない。

　メリハリをつけて、笑顔を使い分けて。

面倒くさそうに唸《うな》った矢吹が、梢の顔を見て舌打ちした。

「しょうがねえなあ」

「ありがとうございます」

梢が両頬と口の端をほんのりと柔らかくほころばせる。

「きれい」

矢吹が指示通り切った皿を見て、梢の微笑みが満面の笑みに変わった。

〇・四・八。笑顔のボリュームを絞ったり上げたりする梢を見ていると、王子の声が聞こえてくるようだ。

――笑顔は〇・四・八の三種類。

歯が〇本、一本も出さないのが微笑。上下四本出すのが相槌、八本出すのが大笑い。

笑顔を自在に使い分ける梢からは、どれだけ練習したかが見て取れる。

「なんか、感じ変わったよねえ、あの子」

皿を下げてきた安孫子が「ねえ?」と矢吹に問いかける。

「いいことでもあったんかね」

矢吹が揚げ物をしながら、カウンターの向こうの梢にちらりと目をやる。

「彼氏でもできたとかー?」

田野もミキサーで小松菜のスムージーを作りながら、首を傾げる。

梢の変化に気付いたのは、三人だけではない。五味市長が参加者の席を回り始めたころ、大テーブル横に控えていた芝山が梢に声を掛けた。

「梢さん、何か雰囲気が変わった。ね、そう思いません?」

「そうかもね」

スマホで会の様子を撮影している職員が芝山に問いかけられ、ちらりと梢を見て答える。誰だっけ、と目を凝らすと、グレーのチェック柄のスマホカバーに見覚えがある。商振課の茂木課長だ。

「本当、変わった」

「なんかいい感じ」

芝山と一緒に控える他の職員たちも、梢に声を掛ける。「そんな」と梢が照れてうつむく。

「……なんか、うまく行き過ぎじゃね？」

直央は一色に聞いてみた。臨時アルバイトの様子を見に、関係者席からカウンターの入口まで来てくれたのだ。

「誰かが近寄りがたくて腹が立つ、っていうのは、拒絶された寂しさの裏返し。歩み寄ってくれれば嬉しいもんだよ。寂しかった分、余計にね」

一色は満足そうに梢を見てから、関係者席に戻っていく。そんなものか、と芝山と茂木、職員に囲まれた梢を見ていると、「梢さん」と険のある声がした。

ダスターを手に参加者席をまわっている安孫子が、厳しい顔で呼びかけたところだ。

「何してるの。お茶やお水は足りてるか、確認した方がいいんじゃない」

梢が「すみません」と頭を下げた。「こわ」と直央の近くでトレイを拭いていた田野が首をすくめる。頰の辺りを引きつらせた梢が、足早にカウンターにやってくる。

大丈夫かな、とミキサーを洗いながら見守る直央の前を通り、梢はカウンターに入ってフロアを背に立ち止まった。そしてエプロンのポケットから素早くスマホを出し、画面に目をやっている。

「梢さん、それ彼氏？」

スマホを覗き込んだ田野が尋ねる。俺も見たい、と身を乗り出すと、気付いた梢が直央に画面を見せて楽しそうに笑った。

「一色さんが、見なさいって」

画面に表示されているのは、茂木と同年代の男だ。スーツ姿で髪をクラシックなオールバックに撫《な》でつけ、上品に微笑んでいる。

何でそんなおっさんの画像を、と首を傾げる直央をよそに、梢は補充したお茶のポットを取り、きびきびとフロアに戻っていった。


「犯人は見つからなかったけど、なんか梢さん、元気だ」

一色を手伝って、市長室からガーメントバッグを運び出しながら聞いてみた。アルバイトの日給は受け取ったからさっさと帰ってもいいのだが、やっぱり気になる。

洗い物を済ませゴミを出し、テーブルや椅子をいつも通りに戻して片付けを終えたのは、午後六時近くだ。外だけでなく消灯後の市庁舎内も暗い。芝山は商工業振興課と意見交換会の締め。矢吹、安孫子、田野は帰宅。梢は残った仕事を片付けると言ってカフェに残った。

「希望ができたからじゃないかな」

ジュラルミンケースを引いて歩く一色が、直央に声を掛けて止まり、帽子でクセがついた前髪を直してくれる。

「イメコンは、イメージ・コンサルティングって意味だけじゃない。イメージ・コントロールって意味でもあるんだ」

口をへの字にした一色が、口角を指で示した。そして数ミリ口角を上げてみせた。

「角度にしたら、たった何度かだよね。でも、人に与える印象はまったく違うでしょう?」

笑みが深くなり、完璧な笑顔に変わる。

「努力だって角度だ。たった一度、二度の違いでも、一年後、十年後、たどり着く先は大きく変わるんだよ」

向けられた視線で直央は気付いた。空いた手の指がいつの間にか、口角を押さえている。拳を握って誤魔化した。その手にガーメントバッグを持ち替えた。

「梢さんは、元が美人じゃん」

一色の先に立ち、エレベーターに乗り込んだ。

この十日ほどの間に五味や梢の変化を見てきた。直央だって何も感じなかったわけではない。しかし、二人とは違う。

梢は美人で背が高い。五味だって、市長選への出馬を後押しされる実力と人望がある。直央はどれも持ち合わせていない。

それどころか、直央は得体の知れないものを背負っているのだ。同級生の皆が直央の感じ悪さだと言った「なんか」の正体は、どれだけ考えても分からないままだ。

もやもやとした気持ちを振り払おうと、一階ロビーに到着したエレベーターから真っ先に降り立った。続いて降りてくる一色を待ちながら、直央は肝心なことを思い出した。

「そうだ、梢さんのスマホの画像なんだけど」

あの画像は、松江佐助《まつえさすけ》だ。本業は歌舞伎俳優だが、テレビドラマや映画でも大活躍している。

なぜ松江佐助の画像を見ろと梢に言ったのか尋ねようとしたとき、一色が「ん？」と斜め前方に目を凝らした。そしてジュラルミンケースを置いたまま、暗いロビーの中央へと数歩進み、振り返って直央を手招きした。

カウンターの中だけに灯りがついた、市役所カフェのガラス壁越しに、人がいるのが見える。トレンチコートと黒のブーツ姿でカウンターに入っていくのは安孫子だ。その奥にある事務スペースでは今、梢が残業をしているはずだ。

——何やってるの。

安孫子が梢に掛けた険しい声が、直央の頭の中で蘇《よみがえ》った。

直央は足音を忍ばせてカフェに入った。あとに続く一色を誘導しながら、奥に向かった。事務スペースに続くドアが細く開いている。そっと少し押し開け、中を窺った。

半分は倉庫と化している四畳半ほどの狭いスペースに、こちらに背を向けて安孫子が立っている。デスクのノートパソコンで仕事をしていた梢が「どうしました？」と立ち上がって迎えたところだ。

「それ、茂木課長とやってる仕事？」

安孫子が一歩、梢に迫った。「はい」と梢がうなずく。

「商振課に請求書を出すんです。バタバタしてて今週できなかったから、月曜の朝一で出そうと思って」

「茂木課長とのやりとりは、いつもメールでするの?」

「いえ、直接届けて渡してます。発注書も受け取りに行くし」

「……やっぱり!」

顔を引きつらせた安孫子が、ぐっと梢に迫る。

何するんだ、と踏み出そうとした直央を、一色が後ろから捕まえて口を塞ぐ。蹴飛ばそうと前に振り上げた足が止まった。

「梢さん、逃げなさい。今すぐ」

安孫子が梢の両肩に、優しく手を置いたのだ。

「市民の皆さまに、深く、深く、お詫《わ》び申し上げます」

五味が体を二つ折りにする勢いで頭を下げる。

フラッシュが瞬《また》き、テレビ画面が白く霞《かす》む。意見交換会から五日経った午後、市役所本館にある大会議室で行われている、記者会見の館内中継だ。直央はカフェの壁際で、安孫子と梢とともにカフェ後方にあるテレビを見ているところだ。

レジでは田野が、カウンターの入口では矢吹が、同じようにテレビを見ている。客たちも揃ってテレビの方に向いている。ランチタイムが終わりに近づいているのに、カフェは満席だ。

ガラス壁の向こう、ロビーに置かれたテレビにも市民が群がっている。テレビ局や全国紙の取材が来るほどの会見など、この町ではめったにないからだろう。それだけの不祥事だ。謝罪を終えた五味が、記者の質問を受けて話し出す。

「今回、処分対象となりましたのは、当市役所の環境経済部、商工業振興課の課長です。この者は、S市がカフェスペースの運営を業務委託しております、サンライトフードサービスの社員であり、カフェの統括責任者でもある店長と結託し、四年間にわたって総額一千万円近い横領を行った疑いが持たれています」

おお、とカフェの内外で憤慨の声が上がる。

「税金を使い込んだのかよ」

「アンタたちも、もしかして？」

刺すような視線がカフェのスタッフに向けられる。その光景が見えたかのように、五味が続けた。

「横領が発覚したのはカフェで働くスタッフの、勇気ある告発のおかげです」

おお、とカフェの内外でまた声が上がる。今度は称賛の声だ。

会見の終わりを待って、梢が客たちの前に進み出た。

「皆さまにご心配をお掛けして申し訳ありません。このカフェの今後の運営方針は未定ですが、お客様にご迷惑をお掛けしないよう、精一杯務めさせていただきます」

梢が五味と同じように、深々と頭を下げる。安孫子、矢吹、田野が続き、直央もつられて頭を下げた。

今や梢は店長代理だ。当分の間、安孫子たちスタッフを率いて、カフェを運営していかなければならない。

「皆さん、改めて、よろしくお願いします」

客が出払ったあと、梢がスタッフに頭を下げた。そして安孫子に顔を向けた。

「おかげさまで助かりました」

「私、まだよく分かんないんスけど。今回の横領の、システム?」

首を傾げる田野と一緒に、直央もうなずく。「ありがちなパターンだけど」と安孫子が説明する。

「茂木課長がいる商工業振興課は、先日の意見交換会を始め、イベントをしょっちゅう行うし、そのための会議、会合も市役所の内外でひんぱん。そのときに使う飲み物や、場合によっては食べもの、消耗品を、茂木課長が芝山店長に注文するの。芝山店長は、親会社のサンライトフードサービスから注文の品を取り寄せて商振課に卸す。そのとき茂木課長側が、まず発注書の分量を実際より水増しするの。例えば、十万円の注文を百万円に膨らませるとか」

水増しした発注書を受け取った芝山は、梢に命じて、水増しされた額で請求書を出させる。請求書を受け取った茂木は、商振課を通じて、請求金額をカフェに振り込む。

浮いた金は、親会社で扱わない生鮮食品や備品の購入などの現金決済に使うからと、梢に命じて銀行口座から引き出させる。そして、茂木と芝山で山分けしていたという。

「アンタ、横領の犯人にされるとこだったなあ」

矢吹に言われ、梢が深くうなずいた。

梢は何も知らず、芝山に言われるまま横領にまつわるカフェ側の作業を、すべて一人で担っていた。指示も口頭のみで行われていたという。茂木も同じように、横領にまつわる商振課側の作業すべてを、一人の部下にやらせていたそうだ。

二人とも、横領に自分が関わっている痕跡を、一切残さないようにしたのだ。いざというとき、梢と部下に罪を押しつけるために。

——梢さんは〝ぼっち〟だから、ちょうどよかったんです。

周りから発注の頻度や分量なんかの情報が入ったら、水増しを気付かれる。

横領の手伝いをさせていることがバレてしまいますから。

芝山は市役所の取り調べでそう話したという。

言い逃れができなかったのは、梢が安孫子の忠告を受け、芝山の指示をボイスレコーダーで録音して、五味に提出したおかげだ。

「半年前、梢さんが来るまでは、同じ年頃の派遣社員の女の子が手伝わされてたのよ。その子は芝山店長のアレだったんだけど」

得意げに話す安孫子を「子どもの前で止《よ》しな」と矢吹がいさめる。

「愛人だったんだ？」

はきはきと言ってやった。梢に子どもだと思われたくない。ふふ、と直央に含み笑いで応えた安孫子が続けた。

「ケンカ別れだったのか、その子が辞めるときに事務室で言い争いになってて、それを聞いて大体のことを察したの」

「じゃあ何で、今まで止めなかったんスか？」

田野がまた、直央が聞きたいことを代弁してくれる。

「だって、もしも梢さんが前にいた子みたいに、店長のアレだったらどうするのよ。余計な口出しなんかしたら、私がクビにされるかもしれないじゃない。それに、梢さんに見下されてるような気がしてたから、まあ放っておいてもいいか、みたいな」

うわ冷てえ、と呆《あき》れたが、梢は「分かります」と笑ってうなずく。

「でも、意見交換会の準備を始めたころから、梢さんの雰囲気が変わってきたでしょう。この子もそんな悪い子じゃないのかも、って思うようになって。で、意見交換会で店長と茂木課長が梢さんを囲んでるのを見て、なんだかな……って」

複雑な思いが、梢にぶつけた険しい声になったのだろう。

「あのあと、梢さんは仕事があるから、ってカフェに残ったじゃない。『お疲れさまでした』って、にっこり笑って見送ってくれたその笑顔が、なんだか頭に残っちゃってねえ……」

迷ったあげく、カフェに引き返して梢に事実を確かめたのだという。

梢が聞いたかと問いかけるように直央を見る。直央は力強くうなずいてみせた。

矢吹が「助かってよかったな」と梢に声を掛け、田野もうなずく。

「知ってるか？　これから年度末に掛けては、不正が一番バレやすい時期だっていうぞ」

「うわ、危なかったっスね」

「でもねえ、踏み切るには決心が要《い》ったのよ」

安孫子が矢吹と田野に自分の手柄を自慢する。梢が再び安孫子に礼を言い、そして直央に向き直って小声で告げる。

「直央くん、本当にありがとうね。特訓とか手伝ってくれて」

梢が両頰を優しく上げて、直央を見つめる。妙な気持ちだ。こんな美人に笑いかけてもらえることなんて、自分の人生にはないと思っていた。

「発煙筒や植物用ネットを投げつけた人は、誰だったか分かったんですか？」

「まだ。店長も茂木課長も、自分はやってないって、取り調べで否定したって」

梢の表情がすっと陰る。聞きつけた安孫子が憤慨の声を上げた。

「どうせあの二人に決まってるわよ。ホント、ひどいことするわよねえ」

「発煙筒とか植物用ネットとか、危うく殺されるところだったってなあ。噂《うわさ》になってるぞ」

「ええ……。でも、きっと横領事件の関係者だろうから、取り調べが進めば分かるだろう、って市の職員さんが言ってました。もう、大丈夫です」

笑ってみせた梢の頰は、片方しか上がっていなかった。

カフェをあとにした直央は、市長室に向かった。

今日も会見のために、一色が市長室に来ている。デスクやソファーテーブルに並べた化粧品やケアグッズを、稲刈りのように集めている一色に「どうだった？」と聞かれ、直央は片頬だけを上げてみせた。そして、カフェでの様子を話した。

「梢さん、内心落ち込んでると思う」

「ショックに決まってんだろ、騙《だま》されて、危うく犯罪者になるところだったんだぞ」

ワイシャツ姿でソファーの背もたれに腰掛け、ゼリー飲料を吸い込んでいた五味が、眉をひそめた。デスクに置かれたノートパソコンの画面には、悠々と草原を歩くアルパカが映っている。就任早々、全国に向けての謝罪会見は大変だっただろう、と心配したのに呑気なものだ。

「総務や警備にも、梢水穂さんのことを気をつけるように言っておいた。市役所内も彼女を守ろうって空気になってるよ。梢さん、ずいぶん感じが良くなったもんなあ」

立ち上がってノートパソコンを閉じた五味が「職員の間でも評判だよ」と付け加える。

「市長のおかげですよ」

一色が五味にジャケットを着せる。「ゴミラの？」と直央が聞き返すと、「いやあ」と五味が口元を緩めた。

「一色先生のおかげだよ。カフェの雰囲気が微妙に悪くてさ、周りに聞いたら、梢さんは美人なのに感じが悪いって評判だったんで、そりゃもったいないねえ、ってイメコンをお願いして」

「エロ目線じゃなかったんだ？」

一色に尋ねると、五味に頭をはたかれた。「とんでもない」と王子が品良く微笑む。

「それより市長、実現しそうですか？」

「ええ。梢さんの変化を見て、イメージ・コンサルティングってやつを、市民部の職員もやっと分かってくれましてね、今まで俺が説明しても、反応が鈍かったのに」

意味が分からず二人を交互に見ると、一色が直央に嬉しそうに告げる。

「市役所でね、イメージ・コンサルティングをやろうってことになって」

「市民講座でな」

五味が説明してくれる。

市民講座とは、市役所の会議室やホールを使って開かれる、市民対象のカルチャーセンターだ。生け花、パソコン、料理など、いろいろな教室があるが、一色を講師に迎え、イメージ・コンサルティングの講座を開くという。

「イメージがどうとか、そんな講座開いたって、S市に受けたがる人いないんじゃね？」

「梢さんみたいな人は？」

五味に言い返され、直央は返答に詰まった。

「市役所だってそうだよ。就職支援、少子化対策、地域交流。すべては人と人との関わり合いだろ？　イメコンの技術や知識を必要としてる職員が、きっといるさ」

「心を開く、閉ざすっていうよね。扉を開ける鍵として、イメージ・コンサルティングを使ってほしいと思ってる」

両手を広げてみせた一色に、「期待してます」と五味が頭を下げる。

「すいませんね、先生ほどの方に、通常の講師料金しか出せなくて」

「構いません。道具もすべて、手持ちのものを使いますから」

王子が持参のメイクボックスや鏡を示した。

「これも活用できるよな」

五味がデスクから写真を二枚取り上げた。直央が覗き込むと、テカリ顔にサイズの合わないスーツを着た新聞記者時代の「ゴミラ」と、一色が磨き上げた「五味市長」の写真だ。「使用前・使用後」と言ってやると、「うるせえ」と頬をつねられた。

「直央も家でだらだらしてるんなら、先生を手伝え。お母さんには俺から言ってやるから」

そう言い残し、五味は秘書と、次の予定へ向かうべく慌ただしく市長室をあとにした。

「呑気だな」

直央が大げさに溜息をつくと、ジュラルミンケースに道具を収め始めた一色が「ん?」と直央を見た。

「梢さんに紙吹雪や発煙筒やネットを投げつけた犯人は、まだ分かってないんだよ。芝山店長も茂木課長も、自分じゃないって言ってるんだって」

「確かに、二人は梢さんを横領の犯人に仕立てるために手伝いをさせていた。襲う必要はないよね」

「それ!」

直央は声を上げた。直央も市長室に向かいながら、それを考えたのだ。

「ストーカーか、梢さんを恨んでる人が、別にいるとしたら? 今も梢さんを狙ってるかもしれないじゃん」

「梢さんが最後に襲われてから、二週間近く経つよ。人に見られる危険を冒してまで、彼女を攻撃していたのなら、そんなに我慢できないと思う。それにいたずらにしては手が込んでるし、殺そうとしたにしては雑すぎる」

直央はソファーに座り、両膝に両肘をついて考えた。

「あ、じゃあ、ストーカーとか恨んでるとかじゃなくて！　誰かが、横領に気付いて、でも何かわけがあって、自分じゃ告発できないから、梢さんに注目を集めようとした」

「告発したいなら、匿名《とくめい》で市役所に投書をすればいいだけだよ。わざわざあんなことをしなくても」

うう、と唸って頭を抱えた。

結局、最初の疑問に戻るのだ。なぜ犯人は見つかりやすい白昼の市役所で梢を襲うという愚策を繰り返すのだろう。

「そうだ、何で、梢さんに見なさいって言ったの？　松江佐助の画像」

「松江？」

「意見交換会のときだよ。見なさいって言ったんでしょ？　梢さんに」

王子が首を傾げる。

「ほら、店長が課長に梢さんが感じ良くなったって言って、安孫子さんが確認がどうとかって梢さんにキツい声を出したあと。梢さん、キッチンに戻って松江佐助の画像をスマホで見てた」

一色は無言で考え込んでいる。

あ、と直央は気付いた。きっと王子はグローバル野郎だから、松江佐助を知らないのだ。仕方ない、教えてやろうと口を開きかけたとき、「ああ!」と一色が手を打った。

「歌舞伎俳優の松江佐助」

一色が、直央に向けて繰り返す。「何?」と聞き返すと、直央に歩み寄り、身を屈めて顔を覗き込んできた。

「それだ。ぴったり」


本館の長い廊下を歩いているうちに、紙吹雪が舞ったあの午後を思い出した。

消灯後の廊下はあのとき直央がいた回廊のように薄暗い。行き着いた一室のドア前を固める警備員に一色が名乗ると、警備員がドアを開けてくれた。一色の頼みを受けて五味が指示を出したからだ。

環境経済部の部署が集まった広い一室も、中は暗かった。

一角だけ遠慮がちに灯りがつけられ、職員が二人いる。一人は監視役で、もう一人はデスクを片付けている。

監視役の職員も五味の指示を受けたのだろう。一色の挨拶を受けると入口まで下がる。デスクを片付けていた商工業振興課の茂木課長は、怪訝そうな顔で一色と直央を見ている。

デスクや周囲には乱雑にファイルや文房具が放り出され、書類を入れた紙袋がいくつも立てかけられている。事件を受けて検められたのだろう。

茂木は逮捕を間近に控え、私物を引き取りに来ている。当座は自宅謹慎だというが、市役所に戻ることは二度とないと五味が言っていた。

「……私に、何か？」

手を止めた茂木が、一色と直央を順に見る。カフェと意見交換会でしか顔を合わせたことがない二人が、なぜ訪ねてきたのか解せないのだろう。

「伺いたいことがありまして」

一色がデスクの一角に目をとめ、クラフトテープを手に取って茂木に差し出した。どこにでもある、段ボールなどの封に使う紙製のテープだ。

「地下一階の中庭に、紙吹雪が舞ったあの日、梢水穂さんのそばに段ボール箱が落ちてきました。その段ボール箱もこんなテープで封がされていました。紙吹雪を詰めてね。紙吹雪がぎっしり詰められた重たい状態で人に当たっていたら、最悪、死んでいたかもしれない。最初は梢さんが命を狙われたのではと思いました」

一色が「でも」と、クラフトテープを小さく破り取ってみせた。

「今どきのクラフトテープは、そんなにヤワじゃない。箱が二階から地下一階まで落ちるのは一秒か二秒。そんな一瞬で破れる可能性は低い。第一、命を狙うなら、布のテープを使ってしっかり封をすればいい。いや、箱に紙屑《かみくず》なんか詰めたものでなく、花瓶とか鉢とかを彼女の頭を狙って落とせばいいんです。もっと確実に命を奪えるものはいくらでもある」

茂木がすっと二人に背を向け、書類の選別を再開した。

「他にも妙な点がある。紙吹雪だけでなく、倉庫で発煙筒、階段で植物ネット。犯人が梢さんを攻撃するのはいつも市役所内、しかも勤務時間中。梢さんが叫べばすぐに助けが来る。事実、すぐに来た。攻撃自体も失敗続き。しかも三回連続で失敗だ。もしもそれがわざとだったら?」

「わざと?」

聞き返した直央に、一色がスマホを出した。

「直央くんが教えてくれた。梢さんがスマホで松江佐助の画像を見ていたとね。梢さんにも確認して画像を送ってもらいました。茂木課長、見てください」

仕方なさそうに手を止め、顔だけ向けた茂木に一色がスマホの画面を指で示す。

「これは、梢さんのシークレット・シフター」

「シークレット……?」

耳慣れない言葉に口ごもると、一色が「シフター」と繰り返した。

「意見交換会の前、僕は梢さんに教えました。何か、好きなものをポケットに入れておきなさい。そして嫌なことがあったら、それを見なさいと。それがシークレット・シフター。笑顔になるために、あるいは表情を和らげるために持ち歩く、小物、アクセサリー、お守り、あるいは画像のことです」

直央は意見交換会のときの梢を思い出した。安孫子にキツく当たられて引きつった顔が、画像を見て、笑みを取り戻したのを。

あれはスマホの画像、シークレット・シフターを見ていたのだ。

「五味市長もアルパカの画像を見ていたでしょう？　梢さんが好きなのは、松江佐助。テレビドラマや映画で活躍しているが、本業は歌舞伎俳優。彼女は歌舞伎が好きなんです」

一色が茂木に向き直り、デスクを示した。

「あなたもそうだ」

デスクに置かれたスマホには、黒の太い格子と細い格子が組み合わさった、チェックに似た柄のカバーがつけられている。

「その模様は翁格子《おきな》。歌舞伎の文様です」

茂木は手を止めたまま、じっと口を閉ざしている。

「梢さんに確認しました。この三カ月ほど、横領の書類を届ける際に、よく茂木課長と歌舞伎の話をしたと。そうだとすると納得です。紙吹雪、煙、そしてネットはクモの巣。今回の事件に登場する仕掛けは、歌舞伎の舞台で使われる演出ですから」

外をちらりと窺った一色が、声を落とした。

「彼女にとってあなたと歌舞伎の話をするのは、気詰まりなカフェ勤務の合間の、ささやかな楽しみだった。でも、あなたにはもっと大きな意味があったのでは？」

まさか、と直央は茂木を見つめた。

茂木は何かに耐えるように、じっと立ち尽くしている。

「勤務時間中の市役所で梢さんを襲ったのは、彼女がすぐに助けを呼べるように。植物用ネットも、梢さんがひどいケガをしないように、タイミングを見計らって落とした。段ボール箱を封じたクラフトテープは、自分で破って中身を撒《ま》いた。おそらく箱も、梢さんから離れた位置に落とすつもりが、手を滑らせるか何かして、真下に落としてしまった」

一色が、青ざめた茂木を見据えた。

「あなたは梢さんを殺したり傷つけたりしたかったたんじゃない。横領に巻き込まれないよう、市役所から遠ざかってほしかった。だから脅かした。彼女のことが大切だったから」

薄暗い室内が、しんと静まり返った。茂木は唇を噛み締め、一点を凝視《ぎょうし》している。

長い沈黙を、大きく息をつく音が破った。

「……最初は、感じ悪い女だな、って思ってたんですけどね……」

茂木は、苦笑いを浮かべた。

芝山店長の指示で商振課を訪れ、小馬鹿にしたような笑みで「請求書」を突き出す梢が、茂木は苦手だった。横領がバレたときの身代わり要員にされていい気味だ。そんな思いが一気に覆される瞬間が来た。

——茂木課長、歌舞伎が好きなんですか?

初対面から三カ月後、茂木が替えたばかりのスマホケースを見て、ぱっと梢が笑顔を見せた。いつもの感じ悪い笑みではない。本物の、花が咲くような笑顔だ。

「キラースマイル」

一色はさらに「例えだよ」と直央に教えてくれた。

「一瞬で、人の心を奪う笑みのこと」

直央の脳裏に、意見交換会前、初めて梢が見せた愛らしい笑みが浮かんだ。

「……何ですかね、ぱあっ、と目の前が明るくなったようでした」

茂木の顔が苦しげに歪んだ。

「芝山店長に、横領の手伝いは別の人間にさせろと命じました。身代わりは女性よりも男性にした方が真実味がある、と理由をつけて。ですが、理由もなくクビにはできないし、新たにスタッフを雇う余裕もないと断られました」

かといって梢に真実を話すこともできない。

「梢さんに、横領の手伝いをやらされていることに気付いてほしかった。一刻も早く逃げてほしかったんです」

梢が自らカフェを辞めるよう仕向けるために、まずは「消えろ」と脅しの手紙を送った。だが梢がカフェを辞める様子はない。ならばと梢に探りを入れ、毎週別館の地下一階で行われる定例会議にコーヒーを届けに行くことを聞き出した。直央も魅せられた中庭を通るのが気分転換だという。時間を調べ、別館二階から二週に渡って歩く梢を確認した上で実行に及んだ。

ところが事態は逆に悪くなっていった。茂木と直央に向かい合う。

「紙吹雪を撒くとき、中庭に見えたのは、梢さんの姿だけだった。なのに突然、君が階段に現れ、私のいる窓を見上げたので焦った。弾みで手を滑らせて空の箱を真下に落としてしまった。幸い彼女に当たらずに済んだと思ったら、今度は君と一色さんが梢さんと一緒にいる。しかも、君たちは五味市長と親しいらしい。ぼっちだから都合よく騙せていた梢さんが、ぼっちでなくなれば、横領がバレる危険が、どんどん迫ってくる。……うまくいかないもんだ」

茂木が再び苦笑いを浮かべたとき、ノックの音がした。

職員の一人がドアから顔を覗かせ、「そろそろ」と促す。「今行きます」と答えた茂木課長が、ドアが閉まるのを確認してから、小声で二人に告げた。

「梢さんへの嫌がらせは私がやった。横領が彼女にバレたと勘違いして脅そうとした。警察での取り調べが始まったら、そう自供します。どうか、そういうことにしてください」

茂木が二人に一礼し、コートとバッグを取り上げ、出口に向かおうとした。

「ダメだよ」

気付くと直央は、茂木の前にまわり、立ち塞がっていた。

「あの紙吹雪。……びっくりしたけど、今思い出すと、きれいでした」

晴れた空から舞い落ちる、白い紙吹雪。あの美しい瞬間を目にしたのは茂木と直央、そして梢だけだ。

「梢さんは今、課長や店長に騙されてたって知って、すごく傷ついてる。でも課長の本当の気持ちを知ったら……あの紙吹雪は、梢さんの記憶の中で、違って見えるようになると思う。課長だって心の底では、自分の気持ちに気付いてほしかったんじゃないですか?」

茂木の手が、すっと直央に伸びた。

びくりと身をすくめたが、茂木は静かに直央を退けただけで、再び歩き出した。

それ以上の言葉が見つからず、後ろ姿を見ていると、ドアの少し手前で茂木が足を止めた。

「誰の仕業か分からないように、凝った仕掛けを考えたつもりでした。でも、無意識に自分が出てしまっていた。人は、まったくの別人にはなれないんですね」

二人に背を向けた茂木がドアを開ける。迎えた職員や警備員が、お前らも出ろと言いたげだ。

「……そっか」

一色と出口に向かいながら、直央はつぶやいた。「ん？」と顔を向けた一色を、直央は見上げた。

「何で事件がヘンだったのか、分かった」


違和感のせいだ。

一色と別れて帰宅し、二階にある自分の部屋でベッドに寝転んだ。六畳の部屋を埋めたシングルベッドとローテーブル、本棚、造り付けの洋ダンスをぼんやりと見渡す。

事件を通じて、何かが変だと引っかかっていた。そして一色が犯人を突き止めるきっかけとなったもの、それは違和感だ。

「なんか」

口の中で、そっとつぶやいてみる。

なんか感じ悪い。なんか、なんか。正体が掴めず、直央を苦しめた「なんか」が、おぼろげに見えたのだ。

直央も、茂木と同じだった。本当の自分を差し置いて、心の中に描いた理想のキャラクター、ノリのいい愛されキャラになろうと無理をしていた。

だから同級生たちは違和感を抱いたのだろう。その違和感が、感じ悪い「なんか」なのかもしれない。

本当の自分は、いったいどんな姿なのだろう。梢のように、磨けば隠れた自分が出てくるのだろうか。

もう一度、部屋を見渡した。

鏡は学校に行くのを止めた日に、タンスの奥に放り込んでしまった。一色にもらった名刺を、入れっぱなしだったパーカーのポケットから取り出した。

――イメージ・コンサルタント。

柔らかな笑顔が頭の中に浮かんだ。

自分の顔を見るのはあとにして、スマホで検索サイトにアクセスした。「一色一磨」と入力するが、それらしい人物はヒットしない。グローバル野郎だった、と、今度は「kazuma isshiki」と入力し、「image」と付け加えた。

検索結果は数千件。適当なサイト名をクリックすると、英語サイトが自動翻訳に掛けられ、日本語に変わっていく。数年前、海外の新聞に掲載された記事のようだ。

小さな画像を拡大すると、今より少し若い一色が、今と同じ笑顔で年配のビジネスマンらしき男に話しかけている横顔が見える。

『カズマ・イッシキは優れた手腕で知られ、イメージ・コンサルタントで日本人男性で広く欧米のセレブリティをイメージメイキングする』

ぎこちない機械翻訳文を読みながらスクロールする手が、数字を見て止まった。

記事の末尾に、一色のプロフィールが載っている。生まれ年から計算すると、三十五歳。若く見えるな、と感心して、生年月日を改めて見直した。

跳ね起きて、ローテーブルの上に置いていた財布を摑んだ。開いて、中身をぶちまける。小銭と千円札、そして、取っておいたレシートが何枚か出てくる。これだ、と目当ての紙片を拾い上げた。

「……うそ」

記された数字を、直央は信じられない思いで見た。

手にしたスマホとレシートの数字をつき合わせ、何度も確認した。

直央が今見ているのは、先々週、夜中にコンビニで洗剤を買ったときのレシートだ。日付は、スマホに表示されている一色の誕生日と同じだ。

――〇時をお知らせします。

コンビニで流れたアナウンスが、直央の頭の中でリフレインする。

あの感じがいい男は、誕生日の真夜中をコンビニで過ごしていたのだ。しかも独りぼっちで。

第二話　色メガネ

あのエリアには、絶対に足を踏み入れちゃダメ。母の鈴子は妹の礼衣に、くどいほど言い聞かせている。その気持ちがやっと分かったと、直央は歩きながら辺りを見回した。

曇天《どんてん》のグレーと朝の白い光が立ち並ぶ家を冷たく染めている。遠くから耳慣れた歌が聞こえる。

「すっきり、スリムに、エコ生活、S市のみんなで、地球に優しく」

ゴミ収集車が流すキャンペーンソングを、はばかることなく口ずさむ。

土曜日だというのに人の気配はまったくない。歌がフェイドアウトしたあとは、初冬の風に吹かれて足元を滑っていく枯葉の音と、電車が駅に滑り込んでいく音だけが聞こえている。S市駅から歩いてすぐの住宅街、住宅情報誌が言うところの「駅近・至便・好立地」に立ち並ぶ家々は、どれも空き家なのだ。

S市を家に例えれば、S市の駅前広場は玄関といえる。それも古くて狭くて乱雑な玄関だ。脱ぎ散らかされた靴のように、バスや車、歩行者が入り乱れる。溢《あふ》れかえるガラクタのように、商店街や銀行、タクシー会社がぎっしりと詰め込まれている。生活するにも客を迎えるにも不便だ。

　きらり未来につづく街、とキャッチフレーズを掲げてシティセールスに励んでいるS市には相応しくない。ならばと数年前、駅前再開発が決まった。

　駅前広場は拡張され、広いロータリーとバス乗り場、そしてショッピングセンターがオープンする。商店街の後ろに広がる住宅街と、廃校になった小学校跡には、公園や市民センター、大型マンションが建てられることになった。

　すでに住宅街からは住民が立ち退き、家屋の取り壊しも始まっている。駅前にぽかりと空いた再開発地区は、生意気な妹といえども歩かせたくないゴーストタウンと化している。犯罪の匂いがする、と打ち棄《す》てられたような雰囲気が漂う、くすんだ景色を見渡した。

　一昨日の午後、再放送で見たばかりの大好きな二時間ミステリードラマが頭に浮かんだ。今歩いている再開発地区は、刑事が手がかりを求めて訪れた田舎の廃村と似ている。ドラマみたいに死体が転がってたりして、と角を曲がったところで、直央は驚いて足を止めた。

　空き家二軒に挟まれた小道を塞ぐように、パトカーが止まったところだ。助手席から警官が降り立ち、小道に入っていく。

　続いて運転席から降り立った警官と目が合った。直央は慌てて姿勢を正し、伸びた髪を誤魔化すためのニットキャップを被り直した。

「何か、あったんですか？」

　その言葉を遮るように、警官がつかつかと直央に歩み寄って尋ねた。

「何してるの君、こんなところで」

警官の目が、黒のニットキャップから黒のスニーカーまでを眺め下ろす。「スカットハウスに行くところで」と、駅前にある千円理容室の名を伝えた。

引きこもりといえども、あまりみっともない恰好はできない。郵便物を取りに玄関を出たときに、近所の人が居合わせようものなら、母に恥をかかせてしまう。

千円理容室が開店五周年記念で半額サービスを行うと知って心を決め、今朝、頑張って早起きをした。人通りの少ない再開発地区を通っているのも、駅前に向かう近道だからだ。知り合いにも会わずに済む。

ふん、と警官が小さくうなずいたのを確かめて、小道の先を見ようと伸び上がった。すぐに警官の両手で両肩を押し戻される。

「この先に知り合いでもいるの？　いない？　なら入らないで」

「何かあったんですか？」

ふいに聞き覚えのある柔らかな声が、直央の斜め後ろから聞こえてきた。

イメージ・コンサルタントの一色一磨が立っている。コートの立てた襟《えり》とモデルのように片足を斜めに向けた立ち方で、いつもより王子めいて見える。穏やかな笑みが「おはよう」と直央に向けられた。

「S市のことをまだよく知らないから、市役所に来たついでに見て回ってたんだ」

そして、まっすぐに警官の目を見つめていたわるように語りかける。

「土曜の朝から大変ですね。パトカーが出動するなんて、ただ事じゃないでしょう?」

「まあ、ケガ人や死人が出たとかじゃないんですけどね。妙なことが起きたって、住人から通報がありまして」

王子の優しい眼差しに抵抗を吸い取られたのだろう。何でそいつには教えるんだよ、と直央は警官を睨んだ。

「待ってください!」

遠くで鋭く叫ぶ男の声が聞こえた。警官が小道へと駆け込む。直央もすかさず警官を追った。

小道を入った左側に、古びた板塀で囲まれた敷地があり、警官が門から中へと入っていく。

直央は門の前で立ち止まり、三メートルほど先の茶色くすんだ建物を見上げた。

——メゾン・タグチ。

プレートに書かれた洒落た名前が似合わない、二階建ての小さなアパートだ。築五十年は経っているだろう。

傷《いた》んだ壁を誤魔化すためか、一階の壁には所々にカラフルな花の絵が描かれている。壁沿いの地面も花を植えたプランターで飾られていた。門から建物まで並ぶ四角い飛び石の両脇には、パステルカラーに塗られた小さな丸テーブルと椅子が置かれ、それなりに楽しそうな雰囲気を醸し出している。

そぐわないのは、中央にある入口の前に並んだ二人の警官だ。

何ごとか相談している二人が左側にずれ、入口の全体が見えるようになった。直央は目を疑い、直央を追ってきた一色へと振り返って尋ねた。

「……あれ、枯葉⁉」

「枯葉みたいだね」

鉄枠にガラスをはめた両開きのドアは、今は閉まっている。縦につけられたパイプ状の取っ手の下、大人の男の膝辺りの高さまで、内側に枯葉が積もっているのが見える。

敷地内を見渡したが、きれいに掃除されて枯葉は見当たらない。だから余計に入口の枯葉が奇異に映る。

二階にある二つの窓からは、それぞれ夫婦らしき男女が顔を覗かせて成り行きを見守っている。一階右側の窓からは、額が上がった五十過ぎの男が身を乗り出した。サンダルを手に、妻らしき女を部屋に残して窓の柵を乗り越え、地面に飛び降りる。警官の片方が「緒方《おがた》さん⁉」と声を上げた。

緒方と呼ばれた男は、長く伸ばした髪を後ろで一つに束ね、仙人のようなエスニック風のシャツとボトムを身につけている。サンダルを履くと敷地の隅に走り、置いてあったシャベルを摑んで警官に駆け寄った。

「これを使って、枯葉の中に危険なものがないか確かめるといいですよ」

警官の片方がシャベルを受け取り、緒方を下がらせた。そして、もう一人の警官とそれぞれドアの取っ手に手を掛け、ぐいと外側に引き開けた。

一畳足らずの入口スペースから、枯葉が外へと溢れ出る。警官がシャベルで枯葉を慎重にかき出した。もう一人も足を使って手伝い、枯葉をすべて外に出す。シャベルを持った警官が、緒方に告げる。

「何もありません。大丈夫です」

「大丈夫じゃないですよ！　おかしいですよ、これ。ねえ、そこの人たちも見てよ。こんなのおかしいって思うでしょう⁉」

板塀越しに見物している直央たちに気付いた緒方が、入口の枯葉を手で示す。

「確かに、奇妙ですね」

一色が「失礼します」と門から敷地に入る。すかさず直央もあとに続いた。

枯葉を踏んで入口に近づき、一色と並んで建物の中を見る。

入ると右半分は三段の階段で左側は消火器がぽつんと置かれた階段下だ。階段を上がると横長の狭い内廊下で、正面は壁、右と左にはそれぞれの世帯のドアがある。階段と入口ドアで水槽のようになった部分に枯葉がぶちまけられていたのだ。後ろで緒方が声高に訴えている。

「コンビニに行こうと玄関を出たら、枯葉が撒かれててびっくりですよ。何か妙なものでも埋もれてたら危ない、って嫁が心配するもんで、二階の人たちに電話で相談して警察に通報しました。なあ晴美《はるみ》」

緒方の家から出てきた妻が緒方に声を掛けられてうなずく。緒方と同年代だが、近くで見るとずいぶん化粧が濃い。道を譲ろうと一色と入口の横にどくと、二階に住んでいるらしい二組の夫婦も、階段を下りてきた。一組は六十代半ば、もう一組は四十代後半で、皆、気味悪そうにかき出された枯葉の小山を見ている。

直央は外側に開いたドアを改めて見回した。

「分かった。そこ」

ドアの上には同じ幅の、横長の突き出し窓がつけられている。外側に押し上げて支柱で止めておくスタイルのものだ。直央は警官と住人に突き出し窓を指さした。

「誰かがその通風窓から、枯葉を中に入れたんじゃないですか?」

「そのようだね」

さっき直央を止めた警官が答え、住人に呼びかけた。

「たちの悪いいたずらでしょう。この地域のパトロールを強化しますので、住人の皆さんも気をつけて――」

「ただのいたずらじゃありません。だから警察を呼んだんです」

緒方が警官に食ってかかる。晴美は不安そうな顔で警官を見つめ、二階の住人は「ちゃんと調べてください」「気味が悪いです」と口々に訴える。

どういうことだろう、と隣を見ると一色の姿が消えている。あれ、と見回すと、コートの背中がアパートの西側に回り込むところだった。

慌てて追いかけると、一色が板塀と建物の間を裏へと抜けながら、あちこちに目をやっている。

壁は古いだけに傷みが目立つ。換気孔も黒ずみ、網には油汚れがこびりついている。しかし、表と同様、外観には精一杯手を掛けているようだ。

建物の南にあたる裏側に出ると、板塀のすぐ手前にはレンガで縁取った花壇が設けられている。植えられたペチュニアやハーブは元気がないように見えたが、冬に入ったところなのだから仕方がないだろう。

それを補うように、東側に造られた自転車置き場には、レインボーカラーのビニールシートで屋根がつけられている。壁沿いに置かれたプロパンガスのボンベは、ピンク色に塗った板を前に立ててカバーしてある。メゾン・タグチはまるで、くすんだゴーストタウンの中央でぽつんと鮮やかに咲く花だ。

表側に戻ると、警官と住人の話し合いはまだ続いている。

何気なく板塀に目をやった直央は、板塀の向こうから敷地内の様子を窺っている、ひょろりとした人影に気付いた。細身で背が高いスーツ姿の男だ。

「坂井《さかい》さん！　あんた、そんなところで何やってんだ⁉」

いきなり緒方が、血相を変えて男を怒鳴《どな》りつけた。坂井と呼ばれた男は弾かれたように姿勢を正し、塀を回って敷地内に入ってくる。

「あの人も、アパートの関係者なのかな」

「何か、訳ありみたいだね」

一色が指で、アパートの横の壁を示した。上部に大きな看板が取り付けられている。

「立ち退き反対、住む権利を守れ、S市の横暴を許さない……？」

直央が読み上げる声をかき消すように、言い争う声が聞こえてきた。

入口の前で、緒方たちが坂井に詰め寄っている。緒方が枯葉を摑み「何か知ってるんじゃないのか⁉」と坂井に突きつける。

一色がつぶやくように言った。

「ここは、ネイルハウスか」


ネイルハウスとは、土地の明け渡しを拒み、最後に一軒取り残されても住人が立ち退かない家のことらしい。

スマホの検索サイトで「ネイルハウス　立ち退き」と検索して出てきた画像に、直央は目を見張った。

広大な荒れ地の真ん中に、一軒、小さな家が取り残されている。ぐるりと敷地をパワーショベルで削り取られ、容赦なく追い詰められている。

中国語では「釘子戸」というらしい。細く削り取られた敷地の上にぽつんと載った家屋は確かに、地面に打ち込まれた釘に見える。画像の下に中国語で記された新聞社のロゴを見て、一色の名刺に記された中国語の肩書きを思い出した。

さすがはグローバル野郎だ。ネイルハウスを実際に見たことがあるのかもしれない。

以前、インターネットで探した一色のプロフィールによると、彼は欧米やアジアで数多くの要人や有名人のイメージ・コンサルティングを手がけてきたという。きっと世界を渡り歩き、華やかな日々を送っているのだろう。

それなのに、と直央はスマホから目を上げた。

S市市役所の本館三階にあるセミナールームで、一色は小柄な老女の話をにこやかに聞いてやっている。

メゾン・タグチで、住人たちが坂井という男と口論を始めてからすぐに、警察に促されてその場をあとにした。当初の目的を思い出して千円理容室に行こうとしたところ、「髪なら僕が切ってあげる」と一色に言われ、市役所までついてきたのだ。

それなのに壁際に座らされて待たされるはめになった。一色が開いたイメージアップ相談のせいだ。

市民を対象にイメージ・コンサルティングを行いたい。五味市長のスタイリングをきっかけに、一色は市民講座を提案し、五味から許可を取り付けた。一色がS市に来られるときに、市役所の空き部屋を借り、市民に来てもらおうというのだ。

テーブルの端にはペットボトルのお茶と紙コップが置かれている。一色の手が届く位置に、布製の色見本が大中小、虹のように広げられている。受講者の顔や体に当て、似合う色を提案するためのものらしい。その隣ではメイクボックスと手鏡が、入口近くでは全身鏡が出番を待っている。

コンサルティングのための道具類は、五味のスタイリング時と同じように、一色が持ち込んだものだろう。片隅に、いつもの巨大なジュラルミン製スーツケースが置かれている。

しかし、持ち込んだそれらが使われる様子は一向にない。

「私ね、自分の顔を見るのがイヤなのよ。老けてく一方なんだもの」

老女が顔をしかめ、一色が差し出した鏡を拒む。一色は鏡を置くと、優しく老女を諭《さと》した。

「清水《しみず》さん、表情はね、顔の筋肉の鍛《きた》え方次第なんですよ。例えば」

一色が、両頰と口角を極限まで吊《つ》り上げる。王子が般若《はんにゃ》に変身だ。

「こうやって、十まで数える。顔のいいエクササイズになりますよ」

「あなたね、上手《うま》いこと言ってもダメ。私、もう、高い化粧品は買わないのよ」

「セールスを目的にしているわけではありません」

一色がどう説明しても、清水は耳を貸そうとしない。ほらみろ、と直央は一色を見た。

前に直央が言ったとおり、こんな田舎でイメージ・コンサルティングなどやっても無駄なのだ。この寂れたS市で、イメージ・コンサルティングというものを理解している住民はまれだろう。田舎かどうかは、都会からの距離で決まるのではない。住んでいる人間の中身で決まるのだ。

しかし、一色は微笑みを崩さない。

「巡回バスが来る時間だわ」

「また来てくださいね」

清水が席を立つと、すかさずセミナールームのドアを開けてやる。

エスコートに照れたらしい清水が頰をほんのり染め、王子を見上げた。化粧品は買わないと言っているけれど、ハートは掴まれたらしい。

「悪いことは言わないから、セールスならもっと都会でおやんなさい。ね？」

去っていく清水を見送った一色は、そのまま無言で立ち尽くしている。さすがに落ち込んだのだろう。

お茶くらい入れてやろうと立ち上がった。テーブルに歩み寄り、紙コップを二つ並べ、ペットボトルを手に取ったとき、一色が小さく頭を傾けるのが見えた。

まさか、と少し横にずれてから改めて見ると、一色が見入っているのは、入口近くに置いた全身鏡だ。直央は紙コップの片方を、メイクボックスの下に用意されたゴミ箱に叩き込んだ。

「やっぱりダメじゃん」

「まだこれから」

ドアに掛けたプレートを「相談中」から「空いています」に掛け替える一色を、直央はお茶を飲みながら眺めた。

ミステリードラマの刑事になった気分だ。

感じが良く、誰をも魅了する。その上、名刺に三カ国語で肩書きを記し、国内外の要人や有名人をクライアントに持っているらしい。それなのに、こんな田舎で市長のイメージ・コンサルティングを引き受けた——しかもボランティアで——上に市民講座まで開き、コンビニで真夜中に一人、誕生日を迎えている。

乗っている車、身につけているものを見ると、一色が金を持っていることは、高校生の直央にも分かる。金持ちの気紛《きまぐ》れだとしても、何が目的なのだろう。ヘアカットの五百円を浮かせるためよりも、それが知りたくて直央はここまでついてきた。

「お待たせ」

片付けを終えた一色が、テーブルをずらし全身鏡をセミナールームの中央に移す。直央はこわごわ鏡の前に立った。

「ヘアスタイルは大切だよ。髪は二十四時間身につけてるアクセサリーだからね」

骨張った大きな手が、直央の後頭部に触れた。伸び放題の髪の上から、頭を包み込むように触れる。キモい、と上げそうになった声を、次の瞬間に飲み込んだ。鏡に映る一色の目を見たからだ。

これまで見たことのない鋭い視線だった。イメージ・コンサルティングの知識がない直央も、プロフェッショナルの見立てだと分かる。

一色が直央を自分の方に向き直らせ、少し離れて全身を見つめる。

頬が熱くなって目を伏せた。身内以外に、じっと人に見つめられることなどなかったからだ。

「直央くん、もういいよ」

一色が声を掛け、ノートパソコンを開く。ものの数秒で直央へと顔を上げた。

「これが、直央くんに、一番似合うヘアスタイル」

恐る恐るノートパソコンに映し出された画像を覗き込んだ瞬間、直央は反射的に身を引いた。

「……これ⁉」

片耳をピアスで飾った色白の少年が、画面の中から直央に明るい笑顔を向けている。ダークブラウンの前髪を厚めに取り、耳半分が隠れるほどの長さの丸いシルエットに整えている。

「そう。直央くんは骨格診断でいうとウェーブタイプ、柔らかいイメージが似合うから」

朗らかな声が後ろで答える。

「髪の色も少し明るくした方がいいよ。直央くんは、黄色がかった淡い色が似合うんだ。こういう色とか」

一色が、色見本の一枚を直央の体に当てる。

春の花を思わせるサーモンピンクだ。こんなに明るく華やかな色は、学校で周りに迎合しようと必死だったころも身につけたことがない。

「無理、俺には似合わないよ、こんなの！」

こいつはちゃんと俺のことを見ているのだろうか。疑いを込めて一色を睨むと「直央くんの好みじゃないか」と苦笑された。

「でもね、好きなものと似合うものは違うんだよ」

「自分に似合うものは、自分が一番よく分かる！」

モッズコートを摑んでドアに突進した。ノブに手を掛けたとき、ドアにつけられたガラス窓の向こうを人影が横切った。

後ろで一つに束ねた長髪と仙人のような服装に見覚えがある。メゾン・タグチで見た、リーダー格の緒方という男だ。晴美、そして数人の男女がそのあとに続く。

「ネイルハウスの人たちだね」

直央の後ろで一色が言うのが聞こえた。

少し間を置いて、ガラスの向こうに長身細身の男が現れる。あれ、と直央はドアを開け、去っていく後ろ姿を見た。

「ね、あいつ……」

「……だね」

一色が後ろで答えた。ゆらゆらと長い手足を持て余しながら遠ざかっていく背中を見て、直央と同じように坂井を思い出したのだろう。

枯葉事件に何か新展開があったのだろうか。直央はメゾン・タグチの一行を追って、大小の会議室が並ぶ廊下を歩いた。

右側の壁が数メートル先で途切れている。何だろう、と右折した直央は足を止めた。

そこは五メートル四方ほどの待合スペースになっている。奥に置かれたベンチに、メゾン・タグチの住人たちが座り、何ごとか話し合っている。近づいていいものかと様子を窺っていると、「何見てるの」と鋭い声で呼びかけられた。

一番端に座っている直央と同年代の少女が、壁にもたれて直央を見ている。アパートでは見かけなかった少女だ。寒いのにミニスカートから剝《む》き出しにした足はすらりと長い。きれいに内巻きにしたセミロングの髪に、濃い睫毛《まつげ》に囲まれた目。離れていても可愛らしいと分かる顔立ちだが、直央に向ける視線と表情は氷のように冷たい。

住人たちが一斉に直央を見る。真ん中にいる緒方が「ねえ」と直央に呼びかけて立ち上がる。

「君、さっきウチのアパートを見てた子だよね？」

「さっきって、枯葉が見つかったときですか？」

一方の壁沿いに置かれた自動販売機や給茶機の前に、一人だけ立っている老人が緒方に問いかけた。老人も、さっきアパートでは見かけなかった人物だ。「ええ」と緒方が答える。直央は慌てて緒方に告げた。

「……いや、あの、俺は、通りかかっただけで」

「ガン見してたじゃない」

少女が直央を見て鼻で笑う。むっと睨み返す直央の視線を遮るように、緒方が直央に歩み寄った。

「こんなところで何をしてるの？」

やばい、と後ずさろうとしたとき、すっと隣に誰かが並んだ。

現れたのは一色だ。「失礼します」と緒方と住人たちに、軽く頭を下げる。

「五味市長の下で仕事をしている、一色と申します。彼は僕のアシスタントです。さっき皆さんをお見かけして、枯葉事件が深刻なことになったのではと、心配して追いかけてきました」

一色の説明を聞いた緒方の顔が、一気に険しくなった。

「あんた、市役所の人間だったのか⁉　だからあんな人通りのないところをうろうろしてたんだな⁉」

「いえ、あれは偶然で――」

「田口《たぐち》さん、まさかこの人たちと知り合いとか？」

緒方に詰め寄られた老人が、怯えたように「いえ」とかぶりを振る。田口、という名前から
して、メゾン・タグチの関係者らしい。

「私は本当に何も知らないんです。昨夜から息子のところに行っていて、枯葉のことなんて
――」

「おかしいと思ってたんだ。坂井さんもあの場にいた、加えて、他にも市役所側の人間がいた
とはな！」

緒方が一色と直央を睨みつける。

一色が「待ってください」と一歩進み出た。

「僕は市政にはまったく関係ありません。あの場を通りかかったのも、本当に偶然なんです。

枯葉が撒かれるという奇妙な出来事もですが、それ以上に、立ち退き反対という看板が気にな
って。市役所にいらした皆さんを見て、また何かあったのではとつい。申し訳ありません、出
過ぎた真似をして」

誠意溢れる訴えを、一色は深々と頭を下げて締めくくった。

「……いやあ、こっちこそ、怒鳴ったりして悪かった」

緒方がぶっきらぼうに詫びた。その後ろにいる住人たちも、警戒を緩めたのが伝わってくる。

王子が緒方に温かく微笑みかけた。

「とんでもない。お気になさらないでください。お辛い状況なら仕方ありません」

「そうだよ。S市の駅前再開発のせいで、メゾン・タグチから立ち退けって言われて」

氷が溶けるように、緒方の口調からとげとげしさが消えていく。

「俺ら住人は住処《すみか》を奪われそうなんだ。死活問題だよ。立ち退き料は払うからって、そんなもんで納得できるわけないだろう」

「それで、立ち退きを拒否されているんですね？」

「ああ、もう一年近くになる」

フリーライターだという緒方を始め、アパートの住人たちは、市役所側から交渉がしたいと何度も呼び出され、仕事の合間を縫《ぬ》って出向くということを繰り返してきたという。

緒方も王子の微笑みに抵抗を吸い取られたらしく、次々と事情を明かす。恐ろしい魔力だと、直央は王子を見た。王子なら、微笑み一つでホワイトハウスにでも入っていきそうだ。

その王子に、緒方が田口を紹介する。

「オーナーの田口さんだ。俺らが抵抗を続けるから、今度は枯葉を使って嫌がらせときた。なあ、田口さん」

「違います、私は、嫌がらせなんて――」

「坂井さんと二人して、俺たちを脅して立ち退かせようと仕組んだんじゃないの？」

「んな訳ないでしょー」

軽く言い放つ声が聞こえて、直央は背後の廊下を振り返った。

坂井が立っている。その後ろにある大会議室から出てきたところらしい。ドアが開け放たれていることから、そこから出てきたのだと分かった。

「あの枯葉にはー、僕だって驚きましたってー。アパートの様子を見に行ったらあんなことになっててー」

リズムを取るように肩を揺すりながら、坂井が言い放つ。

「……チャラっ」

直央はつぶやいた。

スーツを着ていても、坂井の態度はまるで教師の説教にのらりくらりと口答えするチャラい男子高校生だ。首も体もだるそうに揺れ続けている。

「とにかくこれから話し合いですんでー、その席で――」

「話し合うつもりはない。あんたらが住人に嫌がらせをしたことを、あんたの上の人間に訴えに来ただけだ」

緒方が坂井を遮る。田口が「あの」と切り出すが、緒方はそれも無視して続ける。

「川代《かわしろ》さんのお宅には、若い娘さんだっているんだ。こんな真似されて不安だよなあ、愛奈《あいな》ちゃん」

愛奈と呼ばれたのは、さっき直央を鼻で笑った少女だ。怒りとも無関心とも見える冷ややかな表情で「はい」と短く答えただけで、手にした紙コップを弄《もてあそ》んでいる。

田口が必死に割って入った。

「あの、とにかく、市の話を、改めて聞いて――」

「同じことの繰り返しじゃないですか」

今度は六十代の夫婦の妻の方が田口を遮った。「平瀬《ひらせ》さん」と田口が呼びかけるのも構わず、夫婦で畳みかける。

「うちは経済的に苦しくて、今の家賃だから、何とか駅の近くに住めていたんです」

「車はないし、体力もないし、駅から遠くなったら暮らしていけないよ」

「だからー、賃料差額についてはー、転居後二十四カ月の補償を――」

苛立っているのだろう、坂井の声が大きくなる。「何で私たちが」と、さらに別の男が遮る。愛奈の両親らしい四十代後半の夫婦だ。

「再開発なんていっても、公園とか市民センターとか、一部の人が喜ぶだけでしょうに」

「何で私たちが犠牲にされるんですか？」

「一部じゃないですよー、市民センターの駅前移転は多数の市民から要望を得た上でサジェストされたことでー」

投げやりに伸びる坂井の語尾を、「とにかく！」と緒方が切り捨てる。

「田口さん、私らがどれだけあのアパートを補修してきたか知ってますよね？　古くてあちこち壊れるのに、あんたが金がない、何もできないっていうから、私らが修理してきたんだ。なあ？」

緒方が妻の晴美に目をやる。「ええ」と晴美が短く答えた。

「お金も時間も手間も、それなりに掛けてきたんです」

「これを見てくれ」

緒方が晴美の手を取り、田口と坂井、一色と直央の前に出した。

爪は短く切られたきりで、手は荒れ、絆創膏《ばんそうこう》が貼ってある。田口は言葉に詰まり、うつむいてしまった。代わりに何か言おうとした坂井を緒方が封じる。

「あのアパートの住み心地が良くなるように、住人みんなで、ペンキを塗ったり花を育てたりと、大切に手を掛けてきたんだ。それを壊されるのが許せないんだよ」

返す言葉がないのか、坂井が悔しそうに口をつぐむ。

不思議に思った直央は、一色をつついて一同から少し離れ、小声で尋ねた。

「いくら手を掛けたとしても、そもそも建物のオーナーは田口さんでしょう?」

「居住者にも権利が生じるんだ。俗に、居住権と言われる権利がね。家賃を滞納していたり、騒音や何かで周りに迷惑を掛けたりしていなければ、家主は強制的に立ち退かせることはできない。あと、居住者の住まいに対する思い入れの深さも無視はできない。立ち退くことで、居住者は精神的苦痛を味わうからね」

メゾン・タグチが頭に浮かんだ。思い入れの深さは、一度訪れただけの直央にも分かる。

どうするのだろう、と田口を見ると、住人たちに必死で切り出す。

「お願いします。どうか、市の話をもう一度聞いてください。これ以上交渉が長引けば、皆さんにとっても良くない結果になってしまうかもしれないんです」

「言いたくないですけどー、公共事業ですからー、強制収用になる可能性もあるんですー」

「強制収用っていうのは、公共事業で自治体が、強制的に土地や建物を取り上げること」

直央が尋ねる前に、また一色が教えてくれた。

緒方はひるまずに坂井に言い返す。

「知ってます。俺たちは、あのアパートと心中する覚悟はできてるんで」

晴美も住人たちも、揃ってうなずく。

田口は「そんな……」と泣かんばかりだ。そのとき、張り詰めた空気を切り裂くように、大会議室の前から女性の呼びかけが聞こえた。

「お待たせしました。どうぞ、お入りください」

リーダー格の緒方が、真っ先に大会議室に向かう。晴美、平瀬夫妻、川代夫妻が続く。最後尾の愛奈に、坂井が声を掛けた。

「大丈夫ー？　なんかあったらいつでも言ってね」

愛奈は坂井の顔をちらりと見上げたが、何も言わずに丸めた紙コップを給茶機の横にあるゴミ箱へ放った。縁に当たって床に落ちた紙コップを田口が拾い、「大変だったね」と声を掛けるが、愛奈は見向きもしない。気付くと直央は愛奈に言っていた。

「お礼くらい言いなよ」

愛奈が怪訝な顔で直央へと振り返った。だがすぐ視線を逸らし、会議室に入っていく。感じ悪っ、と直央は後ろ姿を睨んだ。

通っていた高校にも似たような女の子がいた。恵まれた見た目のおかげで、スクールカーストの「上」に入り、「中」や「下」の者たちを傲慢《ごうまん》な態度で見下していた。弱い者の気持ちなど分かりはしないのだ。田口は坂井にすがりつくようにして訴えている。

「坂井さん、どうかお願いします。何とか住人の皆さんを説得してください」

「やってますよー」

「市の皆さんに頼るしかないんです。私じゃ、どうにも……」

「とにかく中へ」

食い下がる田口の背を抱くようにした坂井が、半ば力ずくで会議室に促す。直央は見ていられず一色に尋ねた。

「田口さんだけじゃ、どうにもできないの?」

「立ち退きを拒否する借り手との交渉には、お金が要るんだ。弁護士を頼めば着手金などが必要だし、訴訟に進めば訴訟費用がかかる。立ち退き料を割り増しして払うにしても、三世帯分だ。おそらく、田口さんにはその費用が捻出できないんだろうね」

田口はまだ坂井に切々と訴えている。「ええ頑張りますからー」と坂井がなだめながら、大会議室に田口を押し込む。ドアが閉まってからも、直央はそのドアからしばらく目が離せなかった。

ぐう、と鳴った腹時計が、午後に差し掛かったと直央に教える。本館一階ロビーの壁に付けられた時計を見上げると、さっき確かめたときから、まだ五分も経っていない。

正面入口の横に置かれたベンチに直央は座っている。誰もいないので、両足をベンチの上に載せて伸ばした。

奥にある総合案内所と左側にある市役所カフェに、暇つぶしに目をやる。どちらも休日で誰もいない。館内のどこかでサークル活動をしていたのか、右側にあるエレベーターから楽器ケースを手にした何人かの男女が現れた。連れ立って正面玄関に向かいながら、直央を不思議そうに見る。慌てて足を床に下ろし、エレベーターに背を向けて座り直した。

はっと思い出してニット帽に手をやった。この時間ではもう、千円理容室で半額セールの対象となる先着二十名の中には入れそうにない。髪を切ってさっぱりするはずが、なぜこんなことになったのだろう。

お前のせいだ、と手にした紙を睨んだ。ロビーの掲示板に貼られた、イメージアップ相談の告知と同じチラシだ。さっき総合案内所から取ってきた。選挙ポスターのように、王子がカメラ目線で微笑んでいる。直央は爽やかな笑みを見つめ、どっか修正してんじゃね、と目を凝らした。

「照れるなあ」

びくりとして振り返ると、本物が直央に微笑みかけている。「違う」とそっぽを向いた。

「あんたが、暇そうだから」、

「直央くんも、本格的に受けてみる？　カラーコーディネートはいったん置いて、骨格診断で自分に似合う服や靴のシルエットを知るだけでも、ぐんと違ってくるよ」

王子が直央の隣に座り、張り切って提案する。「違う！」と直央は声を強めた。

「田口さんが、受けたらいいのにって思って」

「田口さんが？」

「そうだよ。田口さん、負けっぱなしじゃん。メゾン・タグチの住人にやられっぱなしで、あの愛奈って女の子にまで舐《な》められて、だから……！」

だからここで、直央は田口が出てくるのを待っているのだ。

思い出せ、と直央は一色に、あごでカフェを示した。

市役所カフェで働く梢水穂は、美人なのに笑い方が下手で、周り中から誤解され、疎まれ、無実の罪を着せられそうになっていた。それが一色の指導を受けたおかげで、見違えるように感じが良くなり、周りから受け入れられたことで危機を救われたのだ。

「梢さんにしたみたいに、田口さんを助けてあげられるんじゃないの？……あんたなら」

一色が驚いたように、じっと直央を見た。視線がチラシに移り、そしてまた直央に戻る。

「……何だよ？」

いたたまれなくなって尋ねると、一色は嬉しそうに目を細め、人差し指でチラシを示した。

「僕のこと、田口さんに推薦してくれるんだ？」

一色がこんなに喜ぶ顔を初めて見た。世界で活躍してるくせに、何でそんなことくらいで喜ぶのだろう。訝しむ直央の横で、一色が「あ」と声を上げて立ち上がった。

エレベーターから田口と坂井が降りたところだ。背の高い坂井が身を屈め、田口に話しかけている。

「とにかくー、住民の皆さんに少しでも心を開いてもらわないとー。この膠着《こうちゃく》状態が続くとマズいですから次回の交渉までに歩み寄りを少しでもね」

田口は大人しく坂井に頭を下げると、とぼとぼと正面玄関に向かう。直央がその背を追って駆け出そうとしたとき、直央の手からすっとチラシが抜き取られた。

直央は驚いて足を止めた。奪ったチラシを手にした一色が歩いていく。

「こんにちは。良かったら、これ、いかがですか?」

チラシを渡したのは坂井だ。「は?」と直央は一色に駆け寄った。坂井はチラシと一色を見比べている。

「……イメージアップ相談?」

「これから受けてみませんか?」

「……さーせん、俺忙しいんで」

言い捨て、坂井がエレベーターに乗り込もうとする。

「さきほど五味市長にも電話で相談しました。ぜひ坂井さんと話をしてほしい、と言ってくださいましたよ」

坂井の足が止まった。

「ではご一緒に」

一色は坂井に告げ、直央を目で招く。直央はわけが分からないまま、坂井を促してエレベーターに乗り込む一色を追った。

大視聴覚室は、落成時に贅沢過ぎると叩かれたS市市役所の中でも、ひときわ金が注ぎ込まれた場所だ。

映画館並みの大スクリーンが広がり、階段状に設置された座席は三百人を収容できる。座席の後部に映写室があり、坂井を置いて一色はそこに入っていく。直央は一色を追いかけ、映写室のドアを閉めるなり一色に食ってかかった。

「何で坂井なんだよ⁉ 俺がイメージアップ相談を受けたらいいって言ったのは、田口さんの方」

ガラスの向こうで座席の中央に座った坂井が、一色からもらった名刺をひねくり回しているのが見える。

「いいから直央くんも手伝って」

揃えられた最新の上映機器を、一色はざっと見渡しただけで見当をつけたらしい。何台か並べられたリモコンの一つを手に取る。

「あいつにイメージアップの方法なんて教えたら、誰かをたらし込もうとするかもしれないよ？ あの愛奈って子とか、奥さんたちとか」

「どこでそんな言葉を覚えたの？」

くすっと笑ってから映写室を出た一色が、「お待たせ」と坂井に声を掛けた。うさんくさそうな目つきで、坂井が振り返る。

「坂井さん、スクリーンの前に立ってください」

仕方なさそうに坂井が立ち上がる。階段を下り、一段高くなったスクリーンの前に立ち、見守る一色へと向き直った。

「直央くん、来て」

一色が直央を連れて通路に入り、「ここに」と真ん中辺りの座席を示した。直央もとりあえずは、大人しく指示された場所に座った。

「では坂井さん、直央くんに向けて、スピーチしてみて」

「スピーチ？」

「メゾン・タグチの住人に話したことを、直央くんを住人だと思って、再現してもらえますか」

はあ、と大きな溜息をついてから、坂井が姿勢を正す。負けずに直央も背筋を伸ばし、坂井と向き合った。マイクのスイッチを入れた坂井が、面倒くさそうに話し始めた。

「用地買収対象地における立ち退きはー、正当事由が必要だということでー、市としてはS市の今後を鑑《かんが》みて充分に正当な理由であると判断をしてー、メゾン・タグチの借家人の皆さんにお願いをしておりますー。……これでいいですか？」

体を揺らしながら、坂井が一色に確認する。

「もう少し続けてください」

仕方なさそうに坂井が続ける。

「緒方さんはー、移転先に代替性がないということを問題にしておられますがー、借家人が施工した内装や造作物にはー、確かに一定の権利を認めるケースもあるということでー」

直央は必死で理解しようとした。バカだと思われたくない。

「同じく平瀬さんの仰る現状の利便性を失うことに対しての補償ということになりますとー、借家権価格より算出した立ち退き料と移転実費や賃料差額をもって購《あがな》うということにー」

いまいち分からないのは学校に行っていないからだろうか、と直央は不安になってきた。

「正当事由ということで言いますとー、川代さんの仰る立ち退いたあとのー敷地の有効利用および高度利用ということですが、これに関しても市民の皆さまからのー」

コードリヨウって何だろう。漢字を当てはめようと、頭の中であれこれ探るが見つからない。

朗々と流れる声が、BGMのように聞こえ始めた。別に興味がある話でもないのだ。

ゆらり、ゆらりと目の前で揺らめく坂井の姿が、催眠術の振り子と化していく。次第に意識がぼんやりと遠退いていく。

「――くん。直央くん」

優しく肩をつかれ、はっと直央は跳ね起きた。

正面に坂井の憮然《ぶぜん》とした顔が見える。スピーチの途中で寝落ちしてしまったのだ。

ここは謝るところかな、と直央が考えていると、坂井が呆れたように笑った。

「まあ、仕方ないでしょー。子どもには難しい内容だし」

人を子ども扱いする失礼な奴には遠慮しない。

「お経みたい。だらだらだら、意味分かんないし」

正直に言ってやると、坂井が一瞬絶句し、ついで引きつった作り笑いを浮かべた。

「キツいねー、可愛い顔して」

「聞いてる人に向かって、適当に喋《しゃべ》る方が失礼じゃん」

さすがに坂井も「ああ？」と怒りを露《あら》わにした。

「誰が適当だよ⁉ 俺は話し方のマニュアルをたくさん読んでー、鏡を見ながら練習したんだよ、テンポ良く、重くなり過ぎずに、ポイントは強調して、って」

「チャラい」

この一言に尽きる。坂井がついに吼えた。

「うるせえよ！　何なんだよお前、てか何でこんな子どもがいるわけ⁉」

「まあまあ」

一色がにこやかに割って入る。そして「こちらにお願いします」と、通路を挟んだ直央の隣に坂井を導いた。

「では、坂井さん自身が、今のスピーチを見てください」

直央の後ろに座った一色が、リモコンのスイッチを押した。

坂井が「あー」と声を上げた。直央も目を見張った。

大スクリーンに映し出されたのは、さっきの坂井だ。

——用地買収対象地における立ち退きはー、正当事由が必要だということでー。

スクリーンの中で、坂井が左右に振れながら、だらだらと話し始める。

「何これ?」

坂井が戸惑ったように振り返ると、一色が見ろというようにスクリーンを手で示す。坂井がしぶしぶ前に向き直る。

——メゾン・タグチの借家人の皆さんにお願いをしておりますー。

坂井はじっとスクリーンを見ている。

直央は一色に首を傾げてみせた。一色はジェスチャーで静かにと告げ、視線を坂井に戻す。

——緒方さんはー、移転先に代替性がないということを問題にしておられますがー。

「……え?」

坂井が小さく声を上げ、身を乗り出した。

映像の坂井は、体を揺らしながら、早口で落ちつきなく喋り続ける。

「ええ⁉」

スクリーンから顔を背けた坂井が、確かめるように視線を戻す。

「ちょっ、待って!」

席を立った坂井が、一色が手にしたリモコンを奪おうとした。

すかさず一色がリモコンを直央にパスして立ち上がった。「見て」と坂井をスクリーンに向き直らせる。

坂井はスクリーンに目を向けたが、いたたまれないように目を逸らし、うつむく。なんか変だぞ、と直央は坂井の顔を見つめた。

セイトウジユウ、コードリヨウ、と、映像の坂井が難解なフレーズを連発する。

「……えー……」

坂井はついに、うつむいたまま動かなくなった。

さっきまではあんなに自信満々だったくせに、どうしたのだろう。直央は坂井の顔を覗き込もうとしたが、すっと顔を背けられた。

「あんなの自分じゃない。そう思ったんでしょう?」

映像を停止させた一色が、坂井に問いかける。

「自分があんな風であるわけがない。そう思って驚いたんですよね?」

坂井は黙り込んだままだ。図星だったらしい。「何それ?」と直央は一色に尋ねた。

「だって、この人言ってたじゃん。鏡を見て練習したって。なのにあんな風であるわけがないって」

「自意識」

一色が坂井をまっすぐ見つめ、柔らかな口調で説明する。

「物を見るというのはね、視神経で捉えたものを、脳で映像にするってことなんです。景色や物、人物は、見たままを脳に映し出せます。でも自分自身だけはそうはいかない。どうしても自意識や思い込み、願望で、脳に映る自分の像を歪めてしまうんです」

いまいち分からない。坂井も同じらしく小さく首をひねった。

「例えば、いますよね、やたら若作りしてイタい人、メイクが濃すぎてケバケバしい人、地味過ぎてもったいない人。それは自分のことが正確に見えていないから。若くありたい、きれいになりたい、目立ちたくないという願望がフィルターになってしまっているから。思い込みという色メガネを掛けて、自分を見てしまうんですよ」

坂井がスクリーンに映る自分に、ちらりと目をやった。

「だから、自分の姿は写真や動画を通して見た方が、客観的に、よりリアルに見えるんです」

一色の口調が少し優しくなる。

「ショックでしょうね。自分が見えていない、というのは、とても怖いことです」

「自分では、こんなだって思ってなかったんだ……？」

問いかけてみたが、坂井は黙ったままだ。代わりに一色が説明した。

「テンポ良く、重くなり過ぎずに、ポイントは強調して。確かに良いスピーチには必要なことですね。でも坂井さんは早口過ぎるし、抑揚《よくよう》もない。直央くんの言うとおり、お経になってしまっている。間を取る代わりに語尾を伸ばしてしまう」

一色が欠点を並べ上げる。

「その上、説得力を増そうとしてか、やたら難しい言葉や言い回しを使うから分かりにくい。聞き手は理解できない言葉で引っかかってしまって、そこから意識が逸れてしまいます。そして内容についていけなくなってしまうんです」

——コードリヨウ。

直央はさっきの自分を思い出した。一色が言うとおり、あの言葉で引っかかってから、集中力が途切れてしまったのだ。

「もう一つ。早口な上に手足でリズムを取るから、体が揺れる。見ている方からすると、落ちつきなく、いい加減に見えてしまいます」

坂井はじっと動かない。連打に耐えるボクサーのようだ。

「若くて、イケメンで、スレンダーで、手足が長い。普通ならチャームポイントになるところが、坂井さんの場合は全部、逆ハンデになっています。若さは頼りなさに、イケメンさはうさんくささに見えてしまう。スレンダーな体つきと手足の長さで、体の揺れが強調される。直央くんの言うとおり、チャラい印象を受けてしまいます」

同時に褒められけなされたせいか、坂井の顔が複雑に歪む。

「坂井さんは、伝達、話し方が下手なんです。自分の誠意を相手に伝えることができていない。だからメゾン・タグチの住人に拒絶されるのではないでしょうか。言い分を聞き入れる、ということは、相手を信頼することです。それに長年過ごした住まいを明け渡すということは、人生の一大事じゃないですか」

一色が示したスクリーンで、制止していた坂井の映像が、再び動き始めた。

「この人を信頼して、自分の人生を預けようと、あなたなら思えますか」

早口の喋りと、「はー」「でー」「すー」と伸びる語尾はまさにお経だ。自信たっぷりに繰り出す専門用語が、耳を通り過ぎていく。長い手足がせわしなく揺れ、聞いている直央を落ちつかなくさせる。

坂井はスクリーンを一瞥《いちべつ》しただけで、またうつむいた。そして、深い、深い溜息をついた。

「……笑ってんなよ」

ぼそりと険しい声がした。笑ってない、と言い返そうとして直央は口をつぐんだ。

坂井の目が、耳が感じている笑いは、坂井が掛けている「色メガネ」がもたらしたものだ。恥ずかしさと、空しさ、苛立ちなどの自意識が、色メガネになっているのだ。

「……交渉が長引いて、上からは何やってんだって怒られて、オーナーの田口さんには愚痴を聞かされ通しで住民には毛嫌いされて、訪ねていってもドアも開けてもらえない。……だから何とかしようって、必死で練習したのに」

坂井が両手で顔を覆った。

「……バカみてー」

くぐもった坂井の声に、ちくりと胸が痛んだ。

かつて、通っていた高校のクラスメートに「感じ悪い」と言われ、必死で重ねた努力が空回りしていたと分かったとき、直央も同じことを口にしたからだ。

床にイメージアップ相談のチラシが落ちている。坂井が落としてしまったのだろう。直央は拾って、そっと坂井の膝の上に置いてやった。

坂井が直央とチラシを見た。はあ、と息をつき、一色を見上げる。

「どうしたらいいか、俺に教えてください」

一色がにこりと笑った。

「じゃ、遠慮なく」


わずか数日でぐんと気温が下がった。ただでさえ寒々しい再開発地区が、いっそう冷え冷えとして見える。午後の陽射しは明るいが、足元に舞い散る枯葉が増え、冬が訪れたことを直央に教えてくれる。

廃校になった小学校の横を通ると、フェンスに大量の枯葉が吹き寄せられている。数日前に起きた枯葉事件を改めて思い出しながら、そのときパトカーが止まっていた道へと歩いた。小道を進み、板塀越しにメゾン・タグチを眺めた。

平日の昼とあって人の気配はない。大人たちは仕事や用事、愛奈は学校だろう。プランターの花が、一段と元気をなくしてうなだれている。看板が一つ増えているのに気付いた。黒いペンキで描かれた文字が、緒方の声で音声化される。

――S市の立ち退き強制　市民への嫌がらせを絶対に許さない！

ドアガラスの向こうに人影が現れた。ドアを押し開けて出てきたのは、つばの広い日よけ帽とゴム手袋をつけた晴美だ。敷地内の掃除でもするのだろう。

直央に気付くと足を止め、覚えているのかいないのか、訝しげに顔を見つめる。慌てて直央は頭を下げて、その場を離れた。

午後のミステリードラマの再放送を我慢してメゾン・タグチを見に来たのは、その後が気になったからだ。

もしも坂井でないとしたら、枯葉の嫌がらせは誰がやったのだろう。今までのことを頭の中で整理しながら、市役所に向かう。

犯人ではないかと怪しんだ坂井は、先週の土曜日から、一色に指導を受けている。

大視聴覚室での一件のあと、すぐに最初のレッスンが行われた。一色は坂井に命じて、童謡の「うさぎとかめ」を何十回も歌わせた。とん、とん、と手を打ってリズムを取らせ、テンポを体に叩き込ませた。

――「うさぎとかめ」のテンポは一分間に百拍。

聞き手に分かりやすい話のスピードは一分間に三百文字。

「うさぎとかめ」の一拍で三文字と覚えて。

それを聞いて、直央は一色と出会ったときのことを思い出した。あのときも一色は、とん、とん、と直央の二の腕でリズムを取った。あれは喋るスピードだったのだ。

次のレッスンは、今週火曜日の昼休みに行われた。イメージアップ相談を開いたセミナールームで、一色は坂井にスピーチをさせた。

――語尾を伸ばさない、上げない、柔らかく。

体で覚えるしかないからと、一色は直央に指揮棒を手渡した。坂井の足元に座って、彼が語尾を伸ばしたり上げたりしたら叩けというのだ。

びしびし高校生――しかも不登校の――に叩かれながら、坂井は懸命にスピーチを繰り返した。一色に命じられ、家でもスマホの動画カメラで自撮りをしながらスピーチ練習をしているという。

その効果はあったのだろうか。市役所に着いた直央は、セミナールームを覗いた。

「借家借地法の中にあります造作買取請求権では、電気や水道施設、そして建具や床材などが対象と定められていますが、それ以外につきましても、住人の皆さんがメゾン・タグチに付加した設備に関しましては、査定した上で補償を」

昼休みの坂井が前に立ち、スピーチをしている。座って聞いているのは、先日一色を相手に愚痴を言っていた老女・清水だ。

清水は膝の上で手を揃え、無言で坂井を見つめている。反応のなさに、坂井が戸惑い顔で言葉を切った。そして大きな声で言い直した。

「査定した上で――」

「うるさい」

清水が遮った。

「そんな大声出さなくても聞こえてますよ。年寄りは耳が遠いってすぐ決めつけて。違うのよ、あなたの言ってることが分からないの」

清水が容赦なく言い放つ。坂井が助けを求めるように、入口近くで見守っている一色を見る。

「言ったでしょう？　お母さんに分かるように説明してみて、って」

坂井が数秒考え、言い直す。

「家を貸したり借りたりするときの、法律についてお話しします。部屋を借りた人が、内装、たとえば襖《ふすま》や畳を交換したり、ベランダの手すりを付け直したりと、手を掛けた部分は――」

坂井は清水を相手に、考え考え必死で話し続ける。直央が一色の腕をつつくと小声で教えてくれた。

「お母さんに分かるように説明する。これが分かりやすい説明のコツ。坂井さんのお母さん役をしてほしいって、ちょうど来てくれた清水さんにお願いして」

清水はまだ、坂井の言っていることが理解できないようだ。坂井は懸命に考えながら話し続けている。

「じゃあ、こういう言い方をすれば分かります？　まず、土地や建物に値段をつけるように、住んでる人にも住む権利が認められることがあって、それを、借家借地法、家や土地を借りる法律っていう――」

坂井は必死なのだ。試行錯誤しながら、懸命に食らいついている。立ち退き交渉を成功させようという気迫が全身から伝わってくる。直央は一色にささやいた。

「枯葉事件の犯人、やっぱり坂井さんだったのかな？」

「今は見守るしかないね」

翌日の午後、S市市役所でまた、メゾン・タグチの立ち退き交渉が行われた。

大視聴覚室前の廊下で、一色が「頑張って」と励ましながら、坂井のネクタイを直す。「はい」と答える坂井の口が、そのあとも声を出さずに動いている。「うさぎとかめ」を歌っているのだろう。

リズムを刻んでいた指先が止まった。

「大丈夫、終わったらすぐ行くから。みんなにもそう言っといて」

スマホに向かって声高に話しながら、遅れてやってきたのは愛奈だ。

「……え、いいよ、迎えとか。何、優しいじゃん。じゃああとでね」

笑って通話を終えた愛菜に、坂井が声を掛ける。

「今日は来てくれてありがとう」

挨拶も師匠の一色を真似てか、爽やかになったと思う。

愛奈も変化を感じ取ったのか、足を止めて坂井を見た。視線を一色に移すと、直央は飛ばして、さっさと大視聴覚室に入っていった。ムカつく、と直央は愛菜の後ろ姿を睨んだ。

まもなく住人全員と田口が着席し、交渉にあたる職員が前方に並んだ。直央は一色と一緒に後方に陣取った。

「何なんですか、まだ前回から一週間しか経ってないってのに」

緒方の不満そうな声で、「市から頼まれて」と答えた田口が身を縮める。

「お忙しいところ、ご足労いただきまして、ありがとうございます」

スクリーン前に立った坂井が、深々と一礼した。まっすぐ立っている。首はリズムを取るのではなく、意志をたたえて住人に向けられている。

「今日は冷え込みが厳しいので、もしこの部屋が寒いようでしたら、遠慮なく仰ってください」

住人が怪訝そうに目と目を見交わしたのが、後ろからでも分かった。

「勝手ながら皆さんにお詫びをしたくて、機会をいただきました」

語尾を伸ばさず上げもせず、すっきりした話し方に変わっている。びしびしぶった俺のおかげ、と直央は自分を褒めた。

「この間の説明会が終わったあと、反省しました。焦っていたとはいえ、私はずいぶん一方的にまくしたててしまいました」

反応はない。

田口は不安げに成り行きを見ている。大丈夫かと直央は隣に視線をやった。一色はじっと、坂井を見守っている。

「話し方を見直すようにと、ある人に言われまして。すごく、聞いていて分かり辛いと。それをきっかけに、今までの交渉をすべて振り返ってみたんです。そうしたら、思い出しました」

ほんの一瞬、坂井が間を置いた。次のフレーズを強調するためだ。

「私も小学校、中学校と二回、引っ越しをしました。勝手だと、親に怒りをぶつけました。友だちと離れるのも、学校が変わるのも嫌でしたけど、住んでる家を離れるのも嫌でした。部屋が広くなるとかコンビニが近くなるとか、いいことを言われても、ムカつ……腹が立つだけでした」

　住人に見据えられながら、坂井が話し続ける。

「ですから、まず、皆さんのお気持ちを考えた上で、市としてできることを、提案させていただこうと。緒方さんは、あのアパートにはみんなで大切に手を掛けてきた、って仰いましたよね？　たとえばアパートの壁の一部を新居に持っていく、あるいはお住まいの部屋のドアを新居で使えるようにして、思い出に残すというのはどうでしょうか」

　坂井がノートパソコンを操作した。

　スクリーンにプロジェクターで写真が次々と映し出される。取り壊された家の壁の一部を、新居に飾れるように額装した例や、外して残した旧居のドアを、新居に取り付けて使ったり、加工して飾り棚に作り替えた例などの写真だ。

「もちろん、メゾン・タグチを写真や映像に残すことも、可能な限り協力させていただきます」

　坂井が次に顔を向けたのは、一番年上の平瀬夫妻だ。

「平瀬さんは、こんなに駅に近い場所にはもうきっと住めないって仰いましたね」

　プロジェクターが映し出したS市の地図には、いくつかのエリアが、赤線で囲まれている。

「駅前ではなくても、バス停が近くてバスの本数が多いエリアを探してみました」

　さらに坂井は、川代一家に訴えかけた。

「どうして自分たちが立ち退かなければならないのか。川代さんの仰ることも、もっともだと思います。ですが、新しいお住まいで、便利になった駅や新しい市民センターを利用する生活も、想像してみてはいただけませんでしょうか?」

プロジェクターが駅前再開発計画の完成予想図を映し出した。

駅、ロータリー、ショッピングセンター、市民センターと、坂井が再開発後の利点を一つ一つ挙げて説明していく。

「メゾン・タグチの皆さんに、ご納得いただける新生活の形を見つけられればと思うんです」

ノートパソコンから離れた坂井がぴしりと背筋を伸ばした。

「どうか、ご検討いただけないでしょうか?」

住人たちが顔を見合わせた。

愛奈は退屈しているのか下を向いたままだ。田口は両手を握り合わせ、住人たちを見ている。

「……お話は分かりました」

口火を切ったのは緒方だった。

「だったら、アパートを移築してもらうってこともありですか?」

「丸ごと⁉」

坂井が顔を引きつらせる。

「移築までは……さすがに、難しいかと……」

ふん、と緒方が鼻を鳴らし、「分かってないな」と吐き捨てた。

「ドアや壁を持っていけば気が済むって、そういうことじゃないんですよ。私たちが守りたいのはあのアパートそのものなんだ」

「そうです。長い時間を掛けて、大切に築き上げた住まいや暮らしなんです」

「どうかそれを、私たちから取り上げないでください」

平瀬夫妻は涙目だ。川代夫妻の夫も参戦した。

「再開発のためなら、メゾン・タグチに住む七人は、犠牲にしてもいいというんですか?」

緒方が「そうだ!」と立ち上がった。

「出ていけと迫られ続けて、嫌がらせまでされて、みんなストレスでどうにかなりそうなんです! 何かあったら、あんたらは責任が取れるんですか?」

前方に並んだ職員たちが、戸惑ったように視線を交わす。

「そんな……移築なんて莫大《ばくだい》な費用がかかりますし……皆さん、ちょっと冷静に……ね?」

オーナーの田口は泣きそうだ。

おろおろと立ち尽くした坂井が、すがるように一色へと目を向けた。


二日後の夕方、夕食の唐揚げ用に鶏肉《とりにく》をショウガ醬油《しょうゆ》につけていると、夏前に流行った曲のメロディーが流れ始めた。

自分のスマホの着メロだと、思い出すのにしばらくかかった。めったに聞くことがないからだ。前に鳴ったのがいつかすら思い出せない。菜箸を置いてスマホを取り上げると、柔らかな声が聞こえてきた。

「こんにちは、僕に電話をくれたんだって?」

「遅《お》せーよ」

電話を掛けてきてくれるのを、今か今かと待っていたのだ。

三時間ほど前に、一色のオフィスに電話を入れた。もらった名刺に電話番号が書いてあったのだ。電話に出た女性が一色は不在だというので、問われるまま携帯番号を伝えた。

「飛行機が遅れてね。機内だから電話を掛け直せなくて。で、どうしたの？」

どこで何をしていたのか気になったが、今はそれどころではない。「また事件が起きたよ」

と、できるだけクールに切り出した。

「メゾン・タグチが、流血の惨事」

通話中なので、スマホで撮った写真を見せられないのがもどかしい。

今日こそは、と昼過ぎに髪を切りに出かける途中、直央はメゾン・タグチの様子を見ようと再開発地区に立ち寄った。そして目を疑った。

アパート入口のドアに、赤い液体が幾筋も流れ落ちていたのだ。その上、一階と二階の間に、赤い飛沫《ひまつ》が散っていた。慌ててスマホで写真を撮り、家に帰って一色の名刺を探したのだ。

「どろっとしてて、ほんと血みたいなんだよ。真っ赤で。血かも」

「昨夜、防犯用のカラーボールが投げつけられたんだってね。五味市長に電話したときに聞いた。市の職員さんが確認しに行ったって」

直央はがっかりした。一色は直央より事態に詳しい。

「緒方さんのご主人の方が、出かけるときに見つけたそうだよ。夜中に誰かが投げつけたんだろう、って」

「……やっぱり、坂井さんなのかな？」

一昨日の交渉は、結局それまでと同じように決裂した。やっぱりダメか、と落胆した坂井の姿を思い出す。

上司、オーナー、そして住人からのプレッシャーに耐えかね、枯葉のいたずらで憂さ晴らし、もしくは脅しをかけようとした。一色の教えを受けて、懸命の努力をしたにもかかわらず、報われなかったので腹を立て、今度はカラーボールを投げつけた。充分にありえることだ。

「あんなに一生懸命練習して、真剣に話してもダメで、交渉、大失敗じゃん」

「僕は、失敗じゃないと思ってる」

一色が悠々と言い返す。

「少なくとも誠意をもって事に当たっていることは、ちゃんと伝わったはずだよ。だから、今度の事件が起きた」

「……意味分かんない」

誠意が伝わったら、なぜカラーボールが投げつけられるのだろう。

頭の中でこれまで見たミステリードラマのサンプルを探っていると、一色が「それじゃ」と切り出した。

「これから確かめに行こうか？」

フロントガラスの向こうは真っ暗だ。上質なレザーシートに体を預けて暗闇を見ていると、上映が始まる直前の映画館にいる気分になってくる。直央は左隣に座る一色を、そっと窺った。

　夕食の準備を済まし、冷蔵庫に入っている鶏肉を揚げてくれとメモを残して家を出た。表通りで一色と待ち合わせて車に乗せてもらい、再開発地区にやってきた。

　ダッシュボードのデジタル時計は十九時過ぎを示している。路地の向こうには、灯りがついたメゾン・タグチが見える。

　一色はルームミラーで、またしても自分の顔を見ている。意思を持って見入っているのは、上下左右にわずかに揺れるあごを見ていれば分かる。

　それも、直央がスマホを取り出してから、ずっとだ。母に「ネギソースも作ったから唐揚げに掛けて」とメッセージを送り、ついでにネットニュースやサイトを巡回し、ポイントサイトのパズルゲームで三ポイント稼ぎ、バッテリーが残り少ないのに気付いて電源を落としても、まだ見ている。

「……ほんと好きだよね、自分の顔」

　気付くと、左隣に向けて言っていた。「ん？」と一色が直央を見る。

「暇さえあれば見てるじゃん、自分の顔。ナルシスト？」

　一色は答えない。怒らせたかな、と直央が緊張したとき、くす、と王子が笑った。

「そういうことになるのかな」

「……それってさ」

グローバル野郎のくせに、こんな田舎でイメコンにこだわっていることと関係があるのか。

直央がそう尋ねようとしたとき、辺りが眩《まぶ》しく照らされた。

「先生、すみません、遅くなって」

後ろに止まった車から降りた坂井が、書類用封筒を手に運転席に寄ってくる。

「この間、交渉で話した件の資料を渡すってことで、一応、言い訳はつくようにしてきました」

――メゾン・タグチに行って、確かめたいことがあるんだ。

そのために一色は、坂井を呼んだのだ。一色に続いて直央が車を降りると、あれ、という顔をした。

「先生まさか、この子も連れてくんですかー？」

この子。坂井が直央の地雷を踏んだので、スマホの角で背中をぶってやった。

「語尾が伸びた」

「僕のアシスタントってことで。君のレッスン、手伝ってくれたでしょう？」

一色がさっさと路地を歩き出す。慌てて追う坂井に、直央も続いた。

路地を抜けると、街灯が減らされて暗くなった無人地帯に、メゾン・タグチだけが明るい。

三世帯とも、窓に灯りがついている。

建物に近づくにつれ、物音や人の話し声が、かすかに聞こえてきた。

「まず、二階から」

一色が入口の前で立ち止まり、坂井に道を譲った。

「夜なら居留守を使えませんよね」

坂井がガラスのドアを引き開け、緊張した面持ちで中に入ると、コンクリートの階段を上がっていく。

古い建物特有の埃くささが直央の鼻をつく。先頭の坂井が階段を上りきった。

「じゃあ、川代さんの家から」

坂井が左側のドアの前に立ち、チャイムを押した。

応答はない。坂井がまたチャイムを押した。それでも応答はない。

「電気つけといて居留守かよ……」

坂井が溜息をつく。直央は坂井を押し退け、ドアに耳を当てた。かすかに人の声が聞こえる。

「事故かもよ」

「事故？」

「出ないんじゃない、出られないんじゃん？」

ガス事故で意識を失いかけながら、お願い気付いてとドアに向かって呼びかけているのかもしれない。泥棒にナイフで脅されて命乞いをしているのかもしれない。

「居留守なら静かにするじゃん。中から、なんか声が聞こえるよ!?」

坂井が向かいの部屋のドアに駆け寄った。「平瀬さん！」とチャイムを鳴らすが、やはり応答はない。川代家と同じで灯りがつき、物音がするのにだ。直央が坂井と顔を見合わせたとき、踊り場に立つ一色の声がした。

「お帰りなさい」

愛奈が階段を上がってきたところだ。学校帰りらしく、コートとスクールバッグを手にしている。

「……何?」

愛奈が戸惑ったように三人を見た。

「お宅、電気はついてて声もするのに、誰も出ないんだ」

坂井の勢いに気おされたのか、愛奈が体を強張らせる。

「ここ古い建物だし、何かあったんじゃないかって」

直央も言い添えた。坂井が「そう!」と相槌を打って、愛奈に川代家のドアを示す。

「お父さんかお母さん、いるかもしれないでしょ⁉ 早く、確かめて」

愛奈は何も言わずに、じっと坂井を見ている。

「何かあったらどうすんだよ⁉ 早く!」

坂井が焦《じ》れたように畳みかける。

うつむいた愛奈が、唇を噛むのが見えた。

「愛奈さん」

呼びかけた一色が踊り場の端に寄り、道を空けた。

直央もつられて端に寄り、坂井もドアの前からどくと、覚悟を決めたように愛奈は階段を上がり始めた。

スクールバッグの中から出した鍵で、ゆっくりとドアを開けると背中で押さえる。血の気を失った顔が睨むように坂井の方に向いた。

一色が、中に入れとうなずく。

「……お邪魔します」

坂井が恐る恐る愛奈の前を通り、部屋に足を踏み入れる。

「……え?」

すぐに、坂井が立ちすくむのが見えた。

階段を上がった一色が、愛奈を促して部屋に入らせ、自分も続く。直央もあとに続こうとしたとき、階下から足音が聞こえた。

踊り場に現れたのは、晴美だ。

「何してるの」

直央を見て形相《ぎょうそう》を変えた晴美が階段を駆け上がってくる。直央は夢中で玄関に飛び込み、靴を脱ぎ捨てて部屋に入った。

そして、坂井と同じように立ちすくんだ。

玄関を入ってすぐ、六畳ほどのダイニングキッチンの向こうに六畳間が見える。灯りがついているのに、部屋の中には誰もいない。つけっぱなしのテレビの音だけが響いている。

それ以上に奇妙なのが、家具がほとんど見当たらないことだ。

キッチンの壁沿いに、段ボール箱が数個積み重なっている。六畳間には安っぽい折りたたみテーブルが一つあるだけだ。開けっぱなしの押し入れに、畳んだ布団が入っているのが見える。その横にある、もう一つの六畳間も似たようなものだった。

「愛奈ちゃん⁉」

直央を追って入ってきた晴美が、うつむいて佇んでいる愛奈に駆け寄る。一色が背中で晴美を遮り、愛奈の顔を覗き込む。

「君たちは本当はここには住んでいない。おそらく向かいの平瀬さん夫婦も。そうだね？」

「愛奈ちゃん、ダメ！」

必死で愛奈に迫ろうとする晴美を、何かあると察した坂井が阻む。

顔を上げた愛奈が、ちらりと晴美を見た。そして、一色に向けて小さくうなずいた。

どういうことかと晴美に詰め寄る坂井を一色が止めた。愛奈の話を聞くのが先だというのだ。一色の先導で、直央たちは愛奈をアパートから連れ出して、近くのコンビニに揃って向かった。この間、直央が真夜中に一色と出くわした店だ。

ホットコーヒーを四つ買い、坂井と愛奈が座るカウンターに一色と運んだ。直央が紙コップを愛奈の前に置くと「……ありがとう」と小さな声が聞こえた。

うつむいた愛奈は、これまでよりずいぶんと幼く見える。直央は少し離れた席に座った。

「この人たちは？」

先に口を開いたのは愛奈だ。

「俺のスピーチの先生と……えー、あー、練習を手伝ってくれた……」

後半がもごもごしていたが、直央は許してやることにした。

「本当は、どこに住んでるの？」

愛奈が小さな声で、ここから電車で十五分ほどの町の名前を告げた。

「メゾン・タグチには、たまにしか来ないの？」

「市役所で、立ち退き交渉があるときだけ。前の晩から泊まりに来るの」

さっき見た荷物や家具の少なさも納得だ。いくら坂井が真剣に訴えかけても通じない理由も分かった。

「平瀬さん家《ち》も同じ。メゾン・タグチに住んでるのは、一階の緒方さん夫婦だけなの。本当は空き家だってバレないように、緒方さんの奥さんが、テレビや電気をつけたり消したりしてる」

少しずつ、愛奈の声が大きくなる。

「緒方さんの家以外は、もともと空き家なの。でも、そんなんじゃ、立ち退き料がたくさん取れないから、って……」

「誰が、そう言ったの？」

「詳しいことは知らない。うちの親が話してるのを、ちらっと聞いただけ。子どもは知らなくていいって、親が……」

愛奈の声に、悔しさが滲《にじ》んだ。

「だったら二人だけで行って、って親に言った。でも、子どもも込みで頼まれた仕事だって言われた」

愛奈がスクールバッグをカウンターの上に置いた。フェイクレザーでできた紺のスクールバッグの中央に校章がついている。

「私の通ってる高校、私立なの。県立の受験に落ちて、仕方なく。……親は、うちの家計が苦しいのはあんたのせいだから、って」

「何だそれ」

怒りで直央は、思わず口走っていた。

子どもは知らなくていい、子どもが金儲《かねもう》けのために必要——親のくせに勝手過ぎる。

愛奈が顔を上げ、「ね？」と直央に小さく笑った。

「ちょっとの間我慢しろって言われたけど、終わんなくて、ずるずる何カ月も……。友だちにも彼氏にも、本当のことなんて言えないし。それに……」

声がまた小さくなり、震えた。

「やってること、詐欺《さぎ》じゃない」

横顔を隠す髪の向こうで、目を伏せるのが見えた気がした。きっと両親の強欲を恥じているのだ。

「カラーボールを投げたのは、誰かに、気付いてほしくなったからだね？」

一色が問いかけると、愛奈が小さくうなずいた。

「土曜日、坂井さんの話を聞いて、我慢できなくなったの」

坂井が弾かれたように、愛奈の顔を見つめた。

「今までは、聞き流すことができてた。坂井さんの言ってること、なんか難しくてよく分かんないし、どうせ私には関係ない話だし。でも、この間はなんか耳に入ってきちゃって。私たちのことを、いろいろ考えてくれてるんだな、とか、立ち退きが進まなくて、ほんとに困ってるんだな、とか、坂井さんの気持ちが初めて伝わってきて」

必死で努力を重ね、訴えかけたスピーチは、愛奈の胸にはちゃんと届いていたのだ。

「それで、枯葉のときのことを思い出したの」

「枯葉をアパートの入口にぶちまけたのは、君じゃないんだね?」

一色の問いに、愛奈がうなずいて続けた。

「あのとき、警察と坂井さんが帰ったあと、親たちが揉《も》めてた。誰があんなことをしたんだ、って。うちの親たちも、さすがに不安がってた。家の中まで見られたら、住んでないことくらいすぐにバレるから」

アパートは強制収用になる可能性もある、と坂井が言っていたことを思い出した。時間も手間も掛けたのに、報酬が得られなかったら丸損だ。

「それを聞いて思ったの。もし、もう一度何か起きたら、うちの親たち、こんなこと止めてくれるんじゃないか、って……」

それで昨夜、カラーボールを持ち出したというわけだ。

そのあと、どうなったか気になり、学校帰りにアパートの様子を見に来た。

「ごめんなさい」

愛奈が目を伏せたまま、かすれた声でつぶやいた。

――傲慢に見えたのに。

ほんのり化粧が施されたきれいな横顔を、改めてそっと盗み見る。

かつて直央を笑った同級生たちを思い出した。

スクールカーストの上位にいた彼らも、皆、自信に満ち溢れて見えた。でも実は、愛奈のように隠れた苦しみを抱えていた子もいたのかもしれない。自分も色メガネを掛けていたのだと、直央は初めて気付いた。


「とんでもねえ親だよな、高校生の娘に詐欺の片棒を担がせるって」

ゴミラが怒りで鼻を膨らませ、余計にゴリラめいた顔になる。

翌日の午後、直央はその後のことを聞こうと市長室を訪れた。一色も五味のスタイリングに来ている。式典の礼服を用意するためだ。

土木開発課から報告を受けた五味によると、今日の午前中に、メゾン・タグチの住人とオーナーを呼んで事実確認をしたという。全員、ニセ住人の件を認めたそうだ。

「うちの児童福祉課に頼んでおいた。川代たちが住んでるH市の児童福祉課に連絡して、様子を見に行かせてほしい、って。娘がまともに暮らせてるのか確認しないと」

ぴしりと言い切る姿は恰好いいはずなのだが、燕尾《えんび》服の上だけを着て立っている五味は、出っ腹のせいで首から下はペンギンだ。

「主犯はオーナーの田口だそうだ。立ち退き料を吊り上げようとして仕組んだっていうぞ」

「田口さんが⁉」

直央は声を上げ、そして絶句した。

立ち退き交渉で住人たちにやられっぱなしだったオーナーの田口が、一番の悪党だった。直央が目にした、弱々しい田口の姿はすべて演技だったのだ。

一色は気付いていたという。

「オーナーでありながら一年近くも住人に振り回され続ければ、腹も立つだろうに、田口さんは怒りや苛立ちをまったく見せなかったでしょう？　完璧に、同情を誘う哀れな被害者だった。醜さは正直さの表れでもあるのに、それが見えなかったからおかしいと思ってね」

田口でなく坂井を磨いた理由が分かった。早口や落ちつきのなさ、苛立ちを通して、一色は坂井の真情を見抜いていたのだ。

「でも、公共事業のための立ち退き料は、結局のところ必要最低額しか出さないものなんじゃないですか？」

一色が礼服のボトムをテープで裾上げしながら、五味に尋ねる。

「どこの自治体も表向きはそうです。でも長引くとね……。水面下でこっそり立ち退き料を割り増ししてカタをつけるという話を聞きますよ。ゴネ得、ってやつです」

田口が狙ったのも、ゴネ得だろう。

しかし、田口はS市内に住んでいる。自分だけゴネ得をしたと知れ渡ったら、周囲の目がうるさい。贅沢をしようものならすぐにバレてしまう。そこで長年アパートに住んでいる緒方を仲間に引き入れた。

老朽化のせいで、他の三部屋はもともと空き家だった。ゴネ得をするには、少なくとももう二部屋分の入居者は必要だ。

緒方は若い頃から演劇に携わり、今も売れないフリーライターをやりながら、マイナーな劇団の演出を手がけている。そこで、昔の演劇仲間で今でも親しい川代や平瀬を仲間に引き込んだ。二世帯が不動産会社を通さず、オーナーの田口と直接賃貸契約を結んだということにして、賃貸契約書をでっち上げ、ニセ住民を演じさせたのだ。

報酬は、緒方が最終的に得た利益の三十パーセント、川代と平瀬がそれぞれ十パーセントを受け取ることになっていた。土地の評価額が約二千五百万円で、立ち退き料はゴネ倒して五千万円まで吊り上げるつもりだったという。もしもそうなれば、緒方の取り分は七百五十万円、川代と平瀬がそれぞれ二百五十万円、オーナーの田口は千二百五十万円の儲けになる。

そのために、田口はS市側に、どうしても住人たちが出ていかないので、立ち退き料がもっと要ると訴え続けたのだ。

「しかし、一色先生は何で分かったんですか？　住民が偽者だって」

五味が裾上げしたボトムを穿《は》きながら尋ねた。

「偽者とまでは断定できなかったですけど、何かおかしいな、とは思ってました。最初の枯葉事件のときに、あのアパートを見て」

「最初っから?」

直央は記憶を探った。確かあのときは、二人でアパートの敷地を一周しただけだ。

「あのアパート、目立つところは掃除して、ペンキを塗ったり花を植えたりと飾り立てていました。でも窓や目立たないところは汚れていて、換気孔の網なんて、油汚れで今にも詰まりそうでした。見た目ばかりで暮らしに必要な部分には手が掛けられていない。花を植える余裕があるなら、先に掃除するでしょう」

一色が何かを両手で植える真似をした。

「花壇の花やハーブは夏向けのものばかりで、防寒対策を全然していない。おまけに南向きの庭なのに、花壇は隣の家からすぐの板塀の前に作ってあった。本当に大切に育てるつもりなら、陰になる板塀の前ではなく、日が当たる建物側に花壇を作るはずです」

「家を買ったら、まず樹を植えろ」

腹を引っ込めながらボトムのボタンを留めた五味が言った。怪訝そうな顔になったのだろう、直央へと五味が説明を付け加えた。

「年月とともに成長する樹は、過ぎた時間の長さを表すだろ? 目に見える家の歴史ってやつだ。愛情の注ぎ具合も手入れの状態で分かる。家への思い入れの象徴として、売るときのアピールポイントにできるんだ」

「値段を上げるために?」

五味に問いかけた直央に、代わって一色が答える。

「そう。家のイメージ戦略ってわけ」

「住人も奴らなりに考えたんだろうけど、甘かったな。許さねえぞ、ゴネ得とか」

通常ならば住人が偽者でないか念入りに確かめるところだが、市長選、市長の交代、そして人事異動のタイミングでうやむやになってしまっていたと、五味が説明した。

「どうしたの？」

一色が黙り込んだ直央の顔を覗き込んでくる。そっぽを向いて、「ゴミラ」と声を掛けた。

「田口さんはどうなるの？　逮捕？」

悪人を悪人と見抜けずに、イメージアップ相談のチラシまで渡そうとしてしまったのだ。そんな自分が恥ずかしい。

「さすがに逮捕にはならないだろうが、土地はすぐに市に渡すと、田口は言ってる」

五味市長の表情が険しくなった。

「再開発地区には、他に五十世帯近い家があった。ほとんどは古くから住んでた人たちだ。それでもみんな、市のためにって、寂しさを呑み込んで住み慣れた家から立ち退いてくれたんだ」

直央の頭に、駅前のゴーストタウンが浮かんだ。

「その人たちに、田口がゴネ得をしようとしてたなんてバレてみろ。大変なことになるぞ。しかも騙し取ろうとしたのは税金だ」

「田口さん、袋だたきにされるでしょうね。こういう時代ですから、どこに逃げても過去の悪事はついて回るでしょうし」

　珍しく冷ややかな表情になった一色の言葉を聞いて、直央は思いついた。

「分かった。枯葉の事件も絶対田口さんがやったんだよ。坂井さんや市がやったって見せかけて、立ち退き料を吊り上げようとして」

　田口の悪さを見抜けなかった恥を、推理で挽回するのだ。

「あるかもな。田口のやつ、市役所側が住民に嫌がらせをしてるって、土木開発課に抗議したって聞いたぞ。あれは自作自演ってわけか」

　直央の推理に五味も同調する。しかし一色が反論した。

「嫌がらせと主張するなら、もっと派手にやりませんか？　アパートに車をぶつけるとか、敷地内でボヤを起こすとか。枯葉を置いた程度では、あの日駆けつけた警官が言ったように、ただのいたずらに見えてしまいます」

「先生、枯葉に火をつけようとしてたんじゃないですかね？」

「アパートの入口ですよ？　この乾燥する時期に、枯葉を積んで火なんかつけたら火事になりますよ。三世帯全員焼け死ぬか、そこまでいかなくても、アパートから焼け出されて自ら立ち退くはめになるかもしれません」

　負けるものか、と直央は一色に向けて言い募った。

「じゃあ、アリバイ作り！」

「アリバイ？」

「入口を塞いだら、二階の人たちは出られないけど、一階の緒方はこっそり窓から出られるじゃん」

枯葉事件のとき、緒方が一階の窓から外に出ていた。五味がうなずく。

「なるほど。緒方はアリバイを作って、田口と何かしようと企《たくら》んでたとか？」

「アリバイ作りですか……」

王子が首を傾げる。何のアリバイだろうと必死で考えていると、一色が「あ」と声を上げた。

「それだ。ぴったり」

傾いた陽の下で、ゴーストタウンはさらに寒々しく見える。

一色と並んで小道を歩き、板塀の前で足を止めて向き直ると、メゾン・タグチは一気に精彩を失っていた。入口のガラスドアは汚れ、プランターの花とハーブは枯れている。パステルカラーのテーブルやイスは、テーブル一台を残して分解されている。

隣家との境に立つ電柱の下、ゴミ置き場には、ゴミ袋や段ボール箱が山積みになっていた。緒方や偽住人たちが立ち退きのために捨てたものだろう。

きしむような物音がして振り向くと、入口のガラスドアを押し開けて、晴美が出てきたところだ。

晴美は直央と一色に、うつろな目を向けただけで何も言わない。巨大なビニールバッグを引きずって門に向かう。

一年近く掛けた計画が頓挫し、おそらく無報酬で叩き出されるのだ。

力任せにバッグを引っ張って横を通り抜ける晴美に、一色が声を掛けた。

「それ、ガーデンバッグですよね。枯葉を集めたときに、詰め込んで運ぶための」

晴美は一色に答えることなく、ゴミ置き場にバッグを放り捨てた。

「あなたは、メイクが好きなんですね」

再び一色が声を掛けた。晴美は無視したまま、門に引き返す。

「睫毛エクステを左右それぞれ八十本くらい付けてる」

晴美の足が止まった。

怪訝そうに眉をひそめて一色に向き直る。直央はきれいに上を向いた晴美の濃い睫毛を見た。エクステ——付け毛は知っている。妹の礼衣が付けたいと騒いでいたからだ。一色は続ける。

「その本数は、芸能人やモデル並みだ。洗顔や入浴のときは、落ちないようにずいぶん気を遣うでしょう。それだけじゃない。眉とアイラインはアートメイク」

「アートメイク？」

直央が発した疑問に、一色が答えてくれる。

「落ちないメイクのこと。針で染料を皮膚の表皮に入れ込むんだ。タトゥーみたいなものだね」

ものすごく痛そうだ。美への執着すげえ、と感じ入りつつ晴美の顔を見る。

「何が言いたいの？」

晴美に睨まれても一色はひるまない。

「アパートに住む三世帯のうち、二世帯は偽住人でした。つまり、立ち退き交渉のときにしかアパートに来ない。ご主人の緒方さんは日中は仕事。ほとんどの時間をアパートで過ごすのはあなただけです。他の二世帯が住んでいるように見せかける工作は、あなたが一人で担っていたとしか考えられません。部屋のテレビをつけたり消したりするほかに、水やガスを使ったりもしていたと聞きました。でも、それだけじゃ足りない」

一色は、ゴミ置き場を指さした。

「このアパートに三世帯が住んでいるように見せかけるには、三世帯分のゴミを出さなければならなかったんです」

あ、と直央は声を上げた。家事を担当しているから分かる。生活していれば必ずゴミが出る。

「ゴミを収集するのは、市の職員」

晴美の濃い睫毛が、ぴくりと震えた。

「三世帯が住むアパートから一世帯分しかゴミが出なければ、市の職員は怪しむでしょう。万一、土木開発課に情報が伝われば、細かく調べられてニセ住人のことがバレてしまう。だから、あなたは三世帯分のゴミを用意しなければならなかった。なければ、作ってでも」

晴美は、じっと立ち尽くしている。一色が直央に、片手をかざしてみせた。

「たとえ手袋をしていたとしても、土やゴミを触ったあとは、人は手を洗いたくなるでしょう？　彼女はケアが追いつかないほど、ひんぱんに手を洗っているんじゃないかと思って」

ガーデンバッグが、風に吹かれて乾いた音を立てた。

「あなたは燃やせるゴミを用意するために、近所で集めてきた枯葉を使ったんじゃないですか？　近くには廃校になった小学校がありますね。校庭には枯葉が散っていました。立ち退きが済んだ家の庭にも」

一色の言葉を裏付けるように、足元で枯葉が舞う。

直央は「待ってよ」と割り込んだ。

「燃やせるゴミは週二回、燃やせないゴミは週一回だよ？　なのに、ずっとゴミ袋を作り続けてたってこと？」

「そう。ゴミ袋を用意して、収集に出して、また用意して、また出して」

晴美はうつむいたまま、身じろぎもしない。

「今さら告発しようというのではありません。ただ、本当のことが知りたいだけです」

答えを待った。

深い溜息をついて、晴美がゆっくりと顔を上げた。きれいに彩られた口元が自嘲の笑みを浮かべた。

「こんなことになるなんて、思ってなかったの」

晴美が門の中に入っていく。

一色と共にあとに続いた。晴美は一台だけ残ったテーブルにもたれ、直央たちに向き合った。

「気付いたのは、夏前だったかな……。この再開発地区から住民が立ち退いていって、あのゴミ置き場を使う世帯は、メゾン・タグチだけになったの。朝、ゴミを出したのは私だけ。ゴミ袋、一袋だけだったから、収集に来た市の職員さんに驚かれた」

――ゴミ、これだけですか⁉

周りの家が次々と引っ越していくうちは、それに伴ってゴミが大量に出されていたから、なおさら少なく感じたのだろう。しかも表向きは三世帯が住んでいることになっているのだ。

「そのとき、初めて気付いた。これから、立ち退き交渉でお金を取って出ていくまで、三世帯分のゴミを出し続けなければならないんだ、って」

最初のうち、晴美は隣近所のゴミ収集所を回り、夜に出されたゴミ袋をこっそり持ち帰っていた。しかし立ち退き交渉が進むにつれ、どんどん近所から住民がいなくなっていった。

少し足を伸ばしてみても、ゴミが手に入るところが見つからなくなった。町内会やマンションの管理が厳しいからだ。

仕方なく自分でゴミを作るようになった。新聞を切ったり段ボール箱を刻んだりして中身にする。それを先にゴミ袋に入れてから、普通のゴミを周りに配置して怪しまれないようにするのだ。

ゴミ袋を膨らませるためには、かなりの量の中身が要る。追い詰められて目をつけたのが、近隣の空き家にはびこる雑草や、散り始めた枯葉だった。

「枯葉って、水につけると重さが出るから。タダだし、その辺にあるし」

それでも毎度三袋のゴミを作るのは負担が大きかった。一度、油断して量が少なくなったときに、また市の職員に声を掛けられた。

――本当に、こちらはゴミが少ないですねえ。

それからは、何がなんでも三袋、きっちり作って出すようになった。

「燃やせないゴミが週に一回、燃やせるゴミが週二回。爪なんか、どうケアしたってすぐにボロボロ。オーナーや他の世帯に協力を頼んだけど、あんたは暇なんだから、って言われて、結局助けてはもらえなかった。人がいなくなった再開発地区の真ん中で、毎日、独りぼっちでゴミ袋を延々と作って。こんなこと、いつまで続くんだろう、って思って」

晴美がうつむいて、また息をついた。

「もう、お金なんかいらない。立ち退き交渉に来る坂井さんが、オーナーの田口さんを言い負かして、さっさと私たちを立ち退かせてほしい。そう祈った。でも期間がずるずると延びていくばっかり。長くても半年以内にカタがつく、って言われてたのに、もうすぐ一年よ。このまじゃ、私はずっとずっとここで、独りで、ゴミ袋を作るのかなって……」

何とかしてくれと緒方に頼んでは、丸め込まれることを繰り返していたときに、思いがけないことが起きた。

金曜日の夜、枯葉を近所から集め、ガーデンバッグにぎっしり詰めて持ち帰った。かなりの重さとなったバッグを引きずり、アパートの階段を上がろうとした瞬間、使い古したバッグが破れた。溢れ出た枯葉が階段下を埋めた。

「もう我慢できない、こんなことうんざりだって、家にいた旦那に泣いて訴えた。でも旦那は、掃除するのは面倒だし、ちょうどいいから市役所側が嫌がらせでやったことにしよう、って。

たまたま、その次の日が立ち退き交渉で、アパートに三世帯が揃ってたし。それで、次の日の朝、警察に通報したの」

苦笑いを浮かべた晴美が、「これが本当のこと」と一色に顔を向けた。

「バカみたいよね。やっと解放される」

かすかな音を立てて足元を舞う枯葉に目をやったとき、直央はひらめいた。

「市のゴミ収集の人が『ゴミが少ない』って言ったのは、晴美さんを疑ったんじゃないよ」

晴美が戸惑ったように直央を見る。

肝心のフレーズが思い出せない。なんだっけ、なんだっけ、と記憶を探っていたら、無意識に口ずさんでいた。

「買い物のときはエコバッグー、生ゴミの水はきちんと切ろうー」

枯葉事件に出くわす直前、再開発地区を歩きながら耳にしたことを思い出した。晴美と一色の視線が痛いが、手でリズムを取りながら歌い上げる。

「すっきり、スリムに、エコ生活、S市のみんなで、地球に優しく。ゴーミーゼーロー、生活」

晴美が目を見開いた。直央が歌い終えると、一色がうなずいた。

「ゴミ減量運動だね？」

「そう。S市は、何年か前から、ゴミ減量運動をやってるんだよ」

ゴミ収集車は、このキャンペーンソングを流しながら登場する。ケーブルテレビのCMでも流されている。

「だから、ゴミ収集の人は、疑ったんじゃない、褒めたんだよ。ゴミが少なくて素晴らしいですね、って」

晴美は何も言わなかった。

ゆっくり立ち上がり、テーブルの分解を始めた。パステルブルーのテーブルが、晴美の手で木片と化していく。見つめる直央の肩に一色が触れた。一人にしてあげよう、と目で合図してくる。

「――野菜の皮も、エコクッキング」

小さな歌声が聞こえて、直央は足を止めた。

椅子を分解しながら、晴美が口ずさんでいる。

「ビン、缶、紙ゴミ、リサイクル」

晴美も十年以上、S市に住んでいると聞いた。ゴミ減量運動のキャンペーンソングも、直央と同じように、いやと言うほど耳にしていただろう。

「ゴミを減らしてすっきり爽やか、かーがーやーく、S市」

空で歌える。なのに、晴美はゴミ収集職員の褒め言葉に気付かなかった。疑われていると怯えていた。

「……あの人も、色メガネを掛けてたんだ」

不安に染まり、やましさで曇った見えない色メガネを、晴美は掛け続けていたのだ。

――自分が見えていない、というのは、とても怖いことです。

車に乗り込む一色は習慣のようにルームミラーを自分の顔に向けている。

この男が鏡を見るのは、ナルシシズムからではない気がした。もしかしたら、何かを恐れているからではないだろうか？

見た目が王子でも関係ない。自分の見た目に不安を抱え、色メガネを掛けてはいないかと恐れ、そして完璧に装うことで、怯える自分を隠している。

だから、他人が掛けている色メガネを見破ることができるのだ。

「どうしたの？」

ミラーを戻した運転席の一色に柔らかい笑顔で尋ねられる。

ううん、と答えて助手席に乗り込んだ。ドアを閉めようとしたとき、サイドミラーに映る自分の顔に気付いた。

ニット帽を被り直したせいか、むさくるしい髪がはみだしている。

——好きなものと似合うものは違う。

直央も色メガネを掛けているのか。それを教えようとしてくれる人間がいる。

心を決めた直央は、一色に「あのさ」と切り出した。

「俺の髪、切ってくれる？」

第三話　デスボイス

凍死は一番楽な死に方だというのは本当だろうか。

直央は身を縮めて夜道を歩きながら、両手でかき合わせたダウンコートの襟元を離してみた。冷たい向かい風が首から入り込み、歩き続けて冷え切った体を、さらに凍えさせる。

今、S市で凍死するのなんて簡単だ。今夜はこの冬一番の寒さだという予報を、昼間テレビで見た。この道の先にある市民公園に行って、噴水に落ちればいいのだ。

だが、寒さと歩き疲れで、市民公園にたどり着く前に倒れてしまいそうだ。とりあえず、いつものコンビニで一休みしようと、駐車場を抜けて入口に向かう足が止まった。

駐車場に見慣れた車が止まっている。まさか、と駐車場に面したガラス壁に、恐る恐る目を向けた。

ガラス壁に面したカウンターに一色が座っている。あと数日に迫ったクリスマス仕様の垂れ幕の下、組んだ両手にあごを載せ、じっとこちらを見ている。出会ったばかりのときのように、ガラスに映った自分の顔を見ているのだろう。

気付かれないように、そっと後ずさりをしたとき、ガラスの向こうで組んだ手がすっとほどけた。骨張った右手が直央を差し招く。

うつむいて視線を避けることはできたが、背を向けることまではできない。寒さのせいだと自分に言い訳をして、直央は重い足でコンビニに入った。

「何やってんの？　今日、日曜じゃん」

いつものごとく一色は、夜の九時近くなっても爽やかだ。髪にも服にも乱れはない。王子がコーヒーとタブレットを前に座っている光景は、田舎のコンビニにおける異界だ。一つ置いた隣のスツールにもたれた直央に、「仕事」と品良く微笑む。

「もうすぐお正月でしょう？　五味市長は、あちこちで年頭の挨拶をするんだって。ケーブルテレビの収録や市報に載せる写真の撮影もあるから、今日はそのためのスタイリングをしてたんだ」

「……ゴミラのくせに」

ホットコーヒーでも買おうとレジに向きかけたとき、視線を感じて直央は止まった。「何？」と尋ねると、少し間を置いて一色が切り出した。

「二時間くらい前だったかな、打ち合わせをしてたとき、五味市長に直央くんのお母さんから電話がかかってきたよ」

一色は事情を知っているのだ。

「お母さん、直央くんが帰ってこないって心配してるそうだよ」

「……待ち伏せしてたの？　ゴミラに頼まれて」

横目で睨むと、「違うよ」と一色が外を示す。

「直央くんのことが心配だっただけ。こんな真冬の寒い中、大丈夫なのかなって」

昼過ぎに家を飛び出してから、夕方の六時まではS市の市立図書館の「経済・社会」のコーナーで過ごした。経済に興味はないが、小学校や中学校時代の知り合いが来る恐れがなさそうだったからだ。

閉館で追い出されたあとはコンビニに移った。幸い、田舎だからかコンビニには大抵イートインコーナーがある。一軒目、二軒目と一時間ずつ居座り、この店で三軒目になる。

他に行くところはない。友だちはもちろん、市内には親戚もいない。漫画喫茶やカラオケボックスは、車でなければ行きづらいところばかりだ。駅前のホテルに泊まれるほどの金はない。

「お母さんと、ケンカでもしちゃった?」

「面白がってんじゃねーよ」

しまった、と口をつぐんだ。

他人のくせに首を突っ込むから悪いのだ。ちくりと胸に刺さったやましさを、心の中で八つ当たりをすることで誤魔化す。南青山から舞い降りた王子に、悩める直央の気持ちなど分かりはしない。

引きこもりの直央にとって、日曜日は鬼門《きもん》だ。平日は仕事に出ている母の鈴子が家にいる。リビングで録りためたミステリードラマの再放送を見ることもできず、部屋に籠もってスマホでネットサーフィンをしていたら、母がやってきて切り出した。

――直央、新学期から学校に行きなさい。

母が強気に出た理由は分かっている。

夜中しか外に出なかった直央が、昼間に外出するようになった。伸ばしっぱなしだった髪も切った。一色が直央の頼みを受けて、髪を切ってくれたのだ。

以前、提案されたとおりに仕上がったキノコ頭は、自分では違和感があった。しかし家に帰ると、口の悪い妹の礼衣が、半年ぶりくらいに「お兄ちゃん」と呼びかけてくれた。母も「似合う」「いい感じ」と大喜びだった。

立て続けに起きた直央の変化を見て、これなら学校にも戻れるかも、と母が希望を抱いたのも無理はない。

しかし、ヘアカットや外に出ることと、一度逃げ出した学校に戻ることとは、ジャングルジムと富士山くらいの違いがある。繰り返してきた主張で直央は母に対抗した。

――自分で勉強して、高認を受けるって言ってんじゃん。

しかし、母は反対するばかりだ。人との関わりを断ち切ってほしくない、と主張して、どんなに頼んでも許してくれない。

なぜ分かってくれないのだ、と直央の頭に血が上った。

――学校なんか行きたくないんだって!

そこから言い争いになり、売り言葉に買い言葉で、お互いに不満のぶつけ合いとなった。そして、居たたまれなくなった直央は、スマホと財布だけを持って家を飛び出したのだ。

母が自分を思って言ってくれていることは、直央だってよく分かっている。けれど、直央の気持ちを分かってくれないことに、受け流されたことに深く傷ついたのだ。

今、目の前にいる男も、どうせ母と同じだ。

「スマホの充電器、持ってない？」

何ごともなかったかのように、軽い口調で聞いてみた。

「まだ、ここにいるの？」

「朝まで時間を潰せば、母親は仕事に行くし」

頭の中でS市のコンビニを知っている限り並べてみる。一軒、一時間は粘れるだろう。二周もすれば朝が来る。

「直央くん、五味市長の家に泊めてもらったら？」

妻に先立たれ、息子が地方の大学にいる五味市長は一人暮らしだ。母の幼馴染みでもある。今は市役所にほど近いマンションに住んでいると、いつか母に聞いた。

「やだよ、説教される」

泊めてもらえるのは助かるが、相手は押しの強いゴミラだ。直央が家出してきたと知ったら、間違いなく説教を食らう。母とのときよりもひどいケンカになりそうだ。

「とりあえず、五味市長のところに行ってみよう？」

一色が直央の腕に手を掛ける。

「やだって」

振り払った拍子に、一色の前にあったコーヒーの紙コップに手が当たった。あ、と直央は息を呑んだが、床に落ちた紙コップは小さく弾んで転がっただけだ。

トールサイズの紙コップは空だったのだ。組んだ手にあごを載せ、じっと直央を待っていた、さっきの一色を思い出した。

「夜は長いよ? 一晩中、眠らずに外で過ごすなんて辛いでしょう? 行こう」

一色が立ち上がり、紙コップを拾ってカウンターの後ろにあるゴミ箱に入れた。タブレットを抱え、直央を見つめる。

仕方なく直央は身を起こした。

コンビニを出て一色の車に乗り込む。助手席の革シートに背を預けた瞬間、ほっと全身から力が抜けるのが分かった。昼からずっと、図書館の固いベンチと背もたれのないコンビニのスツールにしか座れずにいたからだ。

柔らかなシートとヒーターで暖められた空気が、ふんわりと直央を包む。フロントガラスの向こうで電話を掛けている一色の姿も、いつしかふわりとぼやけていった。

目を閉じているのに、目の前がきらきらしている。瞼の向こうが光り輝いている。

何だろう、と直央は重い瞼を開け、跳ね起きて目を見張った。

「起きた?」

左側の運転席から一色が直央に視線を向ける。

「……ここ、どこ!?」

間違ってもS市ではない。その近辺でもない。

フロントガラスの向こうは、車が連なる大通りだ。大通りの両サイドでは、並木道にびっしり飾られたイルミネーションがきらめいている。右も左も、夜だというのに人の流れは絶えない。

「表参道《おもてさんどう》」

あっさりと一色が告げる。

「表参道って、原宿《はらじゆく》とかがある……!?」

「そうだよ。ほらラフォーレ」

一色が左手で背後を示す。

ラフォーレがどれかは分からない。しかし、高級ブランドの路面店、カフェ、ショッピングビルが、次々と直央の目に飛び込んでくる。

スマホを掴み出して時計を見ると十時近い。すやすや助手席で寝ている間に、東京都渋谷《しぶや》区まで連れてこられてしまったのだ。「何で!?」と直央は吼えた。

「五味市長に電話したんだけど、急用ができて今夜は帰れないって言われたんだ。それならって駅前のホテルに電話してみたけど満室で。直央くん、家には帰りたくないって言ってたし、疲れてたのかぐっすり寝てるし、それなら僕のところに泊めればいいかな、って」

「勝手に決めんなよ……!」

降ろせ、と叫びかけた声を飲み込んだ。こんなところで一人降ろされたら死んでしまう。

――港区《みなと》。

渋谷区との境の標識の文字を心の中で読み上げる。

大通りで左折して渋滞を抜けると、一色の車はスピードを上げた。どこを走っているのか把握しようと必死で窓の外を見ているうちに、ほどなく車がスピードを落とし、左側にある車寄せへと滑り込んだ。

ガラス張りの正面玄関に面した石畳の車寄せから、ビル横の地下駐車場入口にかけて、大型のバンが三台連なり、業者らしき男たちが段ボール箱を積み込んでいる。

「道が空くまで、ちょっと待って」

一色は直央にそう告げ、いつものようにルームミラーに目を向けた。自分の顔を見るのだ。

直央は窓外に広がる未知の世界を眺めた。

表参道ほどではないが、この辺もイルミネーションでライトアップされている。夜の十時近く、しかも明日は月曜だというのに人通りは絶えない。

「っしゃーっ！　いぇー！」

クリスマスパーティーでもあったのか、意味不明な声を上げて騒いでいる一団もいる。きらきら光る素材のドレスにファーのストールをまとった女たちが、タキシードとコートに身を包んだ男たちと歩き、その横をサンタコスプレをした男女が踊るようにすり抜けていく。

「ちょっとーそれさ、話が違うわけ！　契約は、包括《ほうかつ》！　全部！　ひっくるめて！」

ビルから出てきた四十歳くらいの女が、スマホに甲高い声で怒鳴りながら横切っていく。ショートカットの髪に高そうなコートをまとい、ブランドバッグを引っかけた手でタクシーを止めて乗り込んでいく。こんなキャリアウーマンをミステリードラマで見たことがある。

ようやく道が空き、暗いトンネルのような通路を経て、地下駐車場に着いた。

いつものジュラルミン製スーツケースを引きながら歩く一色について、広く寒々しい駐車場を抜け、警備員がいるエントランスへと入る。カードキーをかざし、エレベーターホールに進む一色の背中をひたすら追っていく。

常駐のコンシェルジュに挨拶してエレベーターに乗り込んだ一色が、またキーをかざし十七階のボタンを押す。表示を見ると二十階建てのビルらしい。

「気をつけて。このビルの警備はかなり厳しいから。カードキーがないとエレベーターに乗れないし、どの階にも降りられないからね」

「ここって、会社?」

「そうだよ、僕のオフィス」

僕のところに泊める、というからてっきり自宅かと思っていた。人がたくさんいたりするのだろうか。緊張を募らせる直央の前で、エレベーターの扉が静かに開く。

「……ここ?」

降り立った直央は、辺りを見回した。

エレベーターから三メートルほど先に、白い壁が立ちはだかっている。

その中央にぽつんと曇りガラスの両開きドアがある。社名などの文字は、ドアにも壁にも見当たらない。

「……看板とかは？」

ふふ、と王子は笑っただけで、ドアの横に付けられた小さなフタを開け、現れた機械に右手の人差し指を当てた。

「何それ？」

「静脈認証。どうぞ」

小さく電子音が鳴り、ガラスドアが左右に開く。王子の城は直央が見たこともないような厳重警戒だ。

これは夢ではないだろうか。直央は置いていかれないように、一色を追ってドアの中へと踏み込んだ。


夢ではない。快晴の空の下、爽やかな朝を迎えた東京が目の前に広がる。

直央はガラスに貼りつき、目が痛くなるほど窓からの景色に見とれた。冬の朝九時過ぎ、空気が澄んでいるせいか東京の景色が鮮やかに見渡せる。

見下ろすと、通りを行き交う人々が見える。ちょっと足がすくんだ。こんな高いところに来たのは、上京した祖父母とスカイツリーに行って以来だ。

窓から部屋へと振り返った。昨夜、このオフィスに連れてきてくれた一色が、「ここで寝て」

と案内してくれたのだ。

さっきまで眠っていたセミダブルのベッドは、めったに外泊することのない直央も熟睡できたほど、素晴らしく寝心地が良かった。傍らには、一人掛けのソファーと小さな丸テーブルが置かれている。キャビネットの中には、ミネラルウォーターと新鮮なフルーツが入った冷蔵庫と、きれいに磨かれたグラスが揃っていた。バスルームの入口横にあるクローゼットには、各種サイズのルームウェアが置かれている。ゲストルームだと与えられた部屋は、ホテル並みの設備だ。

とりあえずベッドをざっと整え、寝る前に食べたバナナの皮とミネラルウォーターの空きボトルをゴミ箱に捨ててから、シャワーを浴びて着替えた。そして、覚悟を決めてスマホの電源を入れた。

思った通り、母や礼衣からのメッセージが入っている。一色からの着信はない。昨夜は直央をこの部屋に案内したあと、「何かあったら電話して」と言い残して、さっさと去っていった。まだ寝ているのかもしれない。

母や妹からのメッセージが気になったが、ひとまず無視してカメラを起動し、窓外の景色を何枚も撮った。次いで室内も撮った。こんなすごいところに来られる機会はそうない。礼衣に自慢してやるのだ。

初めての自撮りもしてみたくなった。髪も切ったことだ。窓をバックに腕を伸ばしていると、ノックの音がして慌ててスマホを置いた。

きっと一色が様子を見に来たのだろう。気後れしているところを見せまいと、直央は胸を張ってドアを開けた。しかし、立っていたのは一色ではなかった。

「おはよう。直央くん」

金髪の女が、「朝ご飯」と両手で持ったトレイを掲げてみせる。

色白で肉厚の顔には、シワやたるみがうっすらと見える。年齢は直央の母よりも上かもしれない。しかし、全体を見ると年齢が読めない。

まっすぐ切り揃えた金色のボブヘアに、瞳を囲んで跳ね上がった黒いアイライン。きれいに赤く彩られた大きな口。身につけているのは、すとんとしたシルエットのワンピースに網タイツ、バレエシューズ。S市で歩いていたら、何あの人、と大人には眉を顰《ひそ》められ、子どもには騒がれそうだ。

これが南青山に生息する人種か、と身構える直央に、女はトレイを差し出した。

「初めまして、米良《めら》です。一色先生のアシスタントをしてるの」

低めの落ちついた声が、奇抜な見た目を少し和らげる。

直央がトレイを受け取ると、米良がワンピースのポケットから名刺を出す。直央はテーブルにトレイを置き、名刺を受け取った。

――米良有加《ゆうか》。

肩書きとミラーはついていないが、あとは一色の名刺と同じようにオフィスの所在地などが記されている。

「メラビアンの法則のメラ。覚えやすいでしょ?」

怪訝な顔をした直央に、米良が教えてくれる。

「メラビアンの法則っていうのは、人は見た目と声で印象が決まるって法則」

「はあ……」

直央は名刺を手に、米良を二度見した。

以前、一色のオフィスに電話したときに応対してくれたのも、きっと米良だろう。ファッションモデルのような、顔もスタイルも服装も完璧に整った美女を想像していたが、米良は想像とはかなり違う。

多少老けてはいるが、見た目のカラフルさと、すとんとしたシルエットは、妖精やゆるキャラを思わせる。何歳なんだろう、と見入っていると、米良にぱちりとウインクをされ、直央は慌ててトレイへと目を逸らした。

マグカップに入れたコーヒーとミルクと砂糖、そしてペストリーが三つ載せてある。ペストリーはその辺で買ってきてくれたのだろう。ビニール袋に一つずつ入れられたまま、トレイに直置きだ。気取った人ではないようで、直央はちょっとホッとした。

「あら、ベッド整えてくれたんだ。いいねえ、マメな男はモテるよ」

部屋の奥に目をやった米良が、「食べて」と促す。

「一色先生は急な仕事で昼まで出てるの。直央くんに伝言。送っていくから待ってて、って」

「……S市まで?」

一色に、また一時間以上も運転させるのは申し訳ない。しかし、スマホの地図だけを頼りに南青山のど真ん中を歩いて駅に向かい、電車を乗り継いで帰れる自信もない。

どうしたものかと唸っていると、直央の心中を察したのか、米良が「大丈夫」と笑った。

「一色先生、直央くんのこと気に入ってるから」

「はい⁉」

本気で言っているのかと、直央は米良の顔を見た。

家出した直央の面倒を見てくれるくらいだから、さすがに嫌われてはいないと思う。しかし、世界を股にかける王子、グローバル野郎が不登校の十七歳男子のどこを気に入ったのだろう。

「俺、感じ悪いのに？」

「感じ悪くなんかないよ」

「愛想がないし、上手いこと言えないし、恰好よくもないし」

「正直でいいじゃない」

意味わかんね、と眉間にシワを寄せる直央を見て、米良が付け足す。

「変な意味じゃなくて。五味市長やS市市役所の人たち、イメージアップ相談に来る人もね。S市での仕事や活動を、一色先生、楽しみにしてると思う」

「何で？　儲からないのに」

五味市長のスタイリングはボランティアだ。イメージアップ相談の講師料金も格安だと聞いている。それを言うと、米良が「お金なんて」と指を振った。

「もっと惹《ひ》かれるものがあるんじゃない?」

いたずらっぽく笑った米良が、「あ」と手を打った。

「直央くん、先生が戻るまで私とデートしない? この辺りならどこでも案内するよ? 行きたいところがあったら言って」

米良が窓の外を指さし、カタカナの名前をいくつか挙げる。有名な店か場所の名だろう。俺なんかがそんなところ、と断ろうとしたとき、直央は思いついた。

「行きたいところ、あります」


女と腕を組んで歩くなんて、生まれて初めてだ。慎重に歩みを合わせながら、直央は楽しげに自分の腕を取って歩く米良を見た。

自分から腕を組んできたくらいだから、米良にもそこそこ気に入られたようだ。多少のことは大丈夫だろう、と踏んで、まずは無難な質問をしてみた。

「米良さんは、あの人とどのくらい一緒にいるんですか?」

「一色先生と? そこそこ長いかな?」

米良が屈託なく答え、「ここからスタートね」と立ち止まる。

大きな鏡とソファーセットが置かれた小さなロビーは、静脈認証で護《まも》られたエントランスを入ってすぐのところだ。一色のオフィスを見せてほしい、と米良に頼んで、これから案内してもらう。

直央は今、探偵だ。王子が妖精を従え、日々を過ごしている要塞《ようさい》に侵入している。

——一色先生、直央くんのこと気に入ってるから。

——五味市長やS市市役所の人たち、イメージアップ相談に来る人もね。

米良の言葉で、ずっと抱えていた疑問を思い出した。

港区南青山を拠点にし、世界で要人や有名人を相手に活躍しているくせに、なぜ、一色は田舎の市長や市民を構ったりするのだろう。気紛れなのか、それとも何か狙いがあるのか、王子の本心を探り出すのだ。

「出発」

米良が直央の腕を引いて歩き出す。壁も床もグレーの廊下は照明が落とされて薄暗い。昨夜は余裕がなくて気付かなかったが、米良と直央が歩くところだけが自動照明で明るくなり、通り過ぎると暗くなる。

「ここが私のいつもいる部屋。あとでゆっくりね」

米良に案内されながら、直央は頭の中に平面図を描いた。

廊下はロビーから右に折れ、奥へと延びている。まず左側に米良の部屋があり、その先は直央が一夜を過ごしたゲストルームだ。そこを過ぎると廊下がまた右に折れた。左側は壁が続き、その中央に両開きのドアがある。

「ここが、レッスンルーム」

「広っ！」

米良が開けたドアから中に入った瞬間、直央は声を上げた。

直央がゲストルームで見とれたのと同じ景色が、何倍も広がっている。

窓を正面に、二十畳ほどの空間が横に長く延びている。窓の両横の壁は鏡張りで、天井に組まれた黒の格子からは、スポットライトが下がっている。唖然と見入っていると、すぐそばで「あー!」と叫ばれて飛び上がった。

「完全防音」

米良が笑い、両手を広げてくるりと舞ってみせる。

「先生がクライアントに身体表現を指導するところ。身のこなしや、立ち方、座り方、歩き方、話し方なんかを」

「あの人、いつもここで仕事をしてるの?」

「先方に出向くことも多いわね」

米良が「こっち」と直央をレッスンルームから連れ出す。

廊下の先を再び右に曲がる。また壁が続き、中央に今度は片開きのドアがある。

「先生の部屋。ここは立入禁止ね。入れないけど」

ドアの横には、エントランスと同じ静脈認証が設置されている。

「ガード鉄壁じゃん……」

驚く直央を米良が笑い、再び「こっち」と引っ張る。

オフィスの中央は、廊下とロビーに四方を囲まれた、窓のないスペースだ。中に入ると、薄暗い廊下とは一転して真っ白な空間が広がっている。

「ここが撮影スタジオ」

置かれた椅子の後ろには巻いた背景紙が設置され、端が床へと垂れ下がっている。

床には三脚が据えられ、両脇にあるスチール棚には、スチールカメラ、ビデオカメラを始めとした撮影機材が並んでいる。米良が直央を椅子に座らせ、照明らしきスイッチを操作してスポットライトを当ててみせる。

「写真や動画への写り方を指導したり、実際にカメラマンを入れて、プロフィール撮影をしたりね。簡単な撮影なら先生がするし」

総額はいくらだろう、と並んだ機材に見入る直央を、米良が腕を取って壁で仕切られた隣に連れていく。

「ここがメイクルーム」

米良が壁のスイッチを入れる。天井の照明だけでなく、壁に付けられた全身鏡を囲む、フレームに並んだ電球が一斉に光った。鏡の前には椅子が置かれ、周りにはメイクブラシや化粧品を満載したワゴンが三台置かれている。

両脇の壁に設けられた棚には、化粧品やメイク道具、腕時計、アクセサリー、そして様々な髪色のウィッグ、メガネ、コンタクトレンズの紙パックがずらりと並んでいる。お洒落好きな礼衣が見たら気絶するだろう。

「店みたい……」

「メイクしてあげようか？」

米良が直央に向けてメイクパレットを構える。ぎょっと後ずさりした直央を見て、米良がくっと笑った。

「あとは倉庫くらいね。私の部屋に行って、お茶でも飲もう」

パレットを置いて廊下に向かう米良を、「あの」と直央は呼び止めた。

「お客さんは、ここであの人に感じ良くしてもらうんですよね？　見た目とかいろいろしてもらって」

「まあ、ざっくり言えば、そういうことね。クライアントのイメージアップが、先生の仕事。好感度を上げて欠点を目立たなくするための指導をするの」

「クライアントって、どういう人が来るんですか？」

港区南青山の一等地で、これだけの広さ、この豪勢な設備を維持するのは、相当の利益を生み出していなければ不可能だろう。

「クライアントは紹介制。確実なルートで紹介された人だけ。一見《いちげん》さんを引き受けることは、まずないわね」

看板も広告もホームページもない理由が分かった。S市で市役所のウェイトレスや職員を磨いたのは、五味市長の紹介というカテゴリーに入るのだろうか。

「みんな、有名な人なんですか？　テレビとか雑誌とかに出るような」

「そうでもないわね。好感度が必要になるのは、マスメディアよりまず、実際に顔を合わせる人に対してだもの」

「芸能人とか、政治家とか？」

黒く縁取られた目が、直央を見た。

直央は精一杯、無邪気な顔をしてみせた。子どもは何でも聞いていいのだ。

「俺、友だちいないし、何聞いても誰にも言いませんから」

ふ、と米良が笑う。さあ、と耳を澄ました瞬間、首筋をふわりと何かに撫でられた。

ぎゃっ、と飛び退いた直央に、米良がふんわりと広がるメイクブラシを振ってみせる。

「直央くん、くすぐったがりなんだ？　じゃあ、分かってくれると思うけど」

米良が鏡とその前に置かれた椅子を見た。

「お医者さんの診察を受けるときには、どこが具合が悪いかを話すでしょう？　でないと診察や治療はできない。一色先生のコンサルティングも同じ。イメージ・コンサルティングをしてもらうには、クライアントはまず直したいところを伝えるの。自分のコンプレックスや欠点を全部さらさなきゃならない。社会的な地位がある人ほど、知られたくないものをね」

「どうして？」

「コンプレックスや欠点は、イコール、弱点になりうるもの。もしも敵やライバルに弱点を知られたら？　こういう輩《やから》が現れるかもしれないでしょう？」

米良がブラシを手に、直央に襲いかかるポーズを取ってみせる。

「だからクライアントと先生の間には、守秘義務契約を必ず結ぶの。コンサルティングを通して知ったことは、誰にも言いません。秘密は必ず守ります、ってね」

「守れなかったらどうなるの？　お金を払うとか？」

「お金で済めば、いいけどねえ……」

ふふ、とクリアレッドに塗った米良の爪が、直央の胸を突く。

「……消される、とか？」

ふふふ、と赤い唇は笑うだけだ。

まさかね、と米良に合わせて笑おうとしたが、途中で顔が引きつった。

クライアントが皆、金持ちなのは間違いない。刺客を放つなど簡単だろう。ミステリードラマにも、そういうシーンが出てくる。政治家や芸能人の秘密を知ってしまった者が、闇夜に襲われたり、東京湾に沈められたりして「消されて」しまうのだ。

これ以上突っ込んだら、直央も南青山から東京湾に直行かもしれない。米良に探りを入れるのは止めることにした。

「すいません、俺、ちょっと」

レッスンルームの横にあるトイレに寄ると言って、米良と別れた。米良が自室のドアを閉めるのを音で確かめてから、そっと直央は来た道を戻った。

足音を忍ばせて立入禁止のエリアに入り、通路を進む。物は試しとドアのハンドルに手を掛けて引いてみる。

一ミリも動かない。ならばとドアに耳を当ててみた。しかし主《あるじ》が不在の壁の向こうは物音一つしない。

諦めきれず直央は廊下を見渡した。すると突き当たり、入口ロビーの少し手前で壁の色が少し変わって見える。

駆け寄ると、小さな脇道があった。その先に鉄色のドアが見える。

ドアの前まで進み、背後を確認してから、直央は慎重にドアノブを回してみた。抵抗もなくノブが回り、ドアが手前に開く。

秘密の入口だろうか。意気揚々《いきようよう》と踏み込んだ直央の前に広がったのは、白っぽいコンクリートの壁だった。

非常階段だ。階段の中央から下を覗くと、クリーム色に塗られたスチールの手すりが、らせんを描いている。ばたん、と遙か下でドアが閉まる音がコンクリートの壁に反響して十七階まで届く。

期待したような抜け穴も秘密のエレベーターも見当たらない。つまんね、と直央は「17」と記されたドアの前に戻り、フロアに戻ろうとドアノブに手を掛けた。

「開かない⁉」

がちゃがちゃとドアノブを回すが、ドアは開かない。押しても引いても叩いても、スチールのドアはびくともしない。

念のために、一階下へと駆け下りてドアノブを回した。そこも同じだ。開かない。

「何で⁉」

パニックになってドアノブを揺すったとき、直央は思い出した。

昨夜、地下駐車場から何重もの厳重なセキュリティをくぐり抜けて十七階に向かう途中、一色に注意された。

——このビルの警備はかなり厳しいから。

確かに、全階が繋《つな》がっている非常階段から自由にフロアに出入りできてしまったら、セキュリティの意味がない。

スマホ、とポケットに手をやって愕然《がくぜん》とした。ゲストルームに置いてきてしまっている。

「米良さん！　メラさーん！」

十七階に駆け戻り、ドアを叩きながら叫ぶ。反応はない。

直央はもう一度、手すりのらせんに目をやり、深い深い溜息をついた。


歩いて非常階段を下りながら、もしかして、と一階ごとにドアが開くか試した。十六回、期待を裏切られた。

一階のドアすら開かなかったときには、身がすくんだ。「B1」と書かれたスチールのドアが見えたときは、緊張で手が冷たくなった。

地下一階は、昨夜車を降りた駐車場だ。もしも「B1」のドアも開かなければ、このまま直央は港区南青山の非常階段に閉じ込められ、力尽きて朽ち果てていくのだ。

恐る恐る階段を下り始めた直央は、あれ、と目を凝らした。

ドアのハンドルの真下にあたる壁際に、空色の何かが見える。

空色のパンプスが、片方だけ置かれているのだ。鋭い爪先が、地下一階に下り立った直央に向いている。

なぜこんなところに、と右片方のパンプスを拾い上げた。

素材はスエードだろう、色とりどりのラインストーンがちりばめられている。靴底は鮮やかな赤で、鋭い針のようなヒールは十五センチくらいある。なめらかな手触り、鮮やかな色、優美な形。ファッションに疎い直央にも、高価なものだと分かる。

シンデレラのように、誰かが慌てて非常階段を駆け下りたときに落としたのだろうか。青山は何でもありだ。

とりあえず外に出なければならない。左手でパンプスを持ち、右手で祈りを込めてドアノブを回す。

鍵が開いた。やった、と直央がドアを押して地下駐車場に出た瞬間、遠くから押し殺したような男の声が聞こえた。

「納得できない、って言われても……！」

非常階段のドアが閉まる音とともに、男の声がぴたりと止まる。何だろう、と直央は地下駐車場を見渡した。

ほぼ満車の駐車場に人の姿は見えない。座るか車に乗るかして、隠れたのかもしれない。もしかして、と直央は手にしたパンプスを見た。何となく関係があるような気がする。

ちょっと見て回ってみようと歩き出したとき、斜め後ろで鈍いモーター音が響いた。「武川様?」と呼びかける男の声が続く。

エントランスの自動ドアが開き、ビルのコンシェルジュと警備員が、直央へと足早に近寄ってくる。

武川様って俺のことか、と戸惑っていると、今度は駐車場に入ってきた車にクラクションを鳴らされた。止まった車のウインドウから顔を出したのは一色だ。

「直央くん、どうしたの? こんなところで」

「オフィスの米良様より、武川様が非常階段に閉め出されたかもしれないと、警備室に電話がありまして」

「下まで非常階段を歩いて下りられたのではと、お迎えに上がったところです。ご無事でよろしゅうございました」

警備員とコンシェルジュが一色に説明する。細かく言わなくていいよ、と直央はむくれた。

「大変だったね」と声を掛ける一色に、ふん、とそっぽを向いた。

「直央くん、それは?」

一色が直央の手元を指す。

「非常階段のドアの前に置いてあった」

「靴が?」

「片方だけ?」

警備員とコンシェルジュが、空色のパンプスを見て、揃って首を傾げる。

車を自分のスペースに止めた一色が、いつもの巨大なジュラルミンケースを引きながらやって来て警備員に尋ねる。

「落とし物の届け出は？」

「靴に関する届け出は、今のところございません」

「直央くん、ちょっと見せて」

一色が直央の手からパンプスを取った。内側から外側、底と見回した。

「持ち主が分かるかもしれません。少し預からせてもらえませんか？」

「恐れ入りますが、拾得物は私どもで預かると決まっておりまして」

コンシェルジュがパンプスを受け取ろうと両手を差し出し、警備員も隣でうなずく。

「すみません、差し出がましいことを。お力になれればと思っただけで」

王子が二人に向かって爽やかに微笑み、コンシェルジュにパンプスを渡す。

もしや、と直央が見ていると、コンシェルジュはパンプスを手に、警備員と視線を交わした。

そして、小さくうなずき合ってから、一色に向き直った。

「……そういうことでしたら、お願いできますでしょうか」

コンシェルジュがうやうやしく、一色にパンプスを返した。

「ね、そこスペース空けてー」

米良に呼びかけられ、直央は慌てて中央のテーブルに駆け寄った。

広々としたこの一室は、米良の部屋であるとともに、オフィスの給湯室と休憩室も兼ねているという。

壁一面の窓からは、隣のゲストルームより少しだけ横にずれた景色が見渡せる。入口の横には、キッチンと冷蔵庫、カウンターがあり、壁にはエントランスと繋がっているという、モニター付のインターフォンがある。

一方の壁沿いに低いキャビネットが設けられ、上には五十インチのモニターが壁付けされている。もう一方の壁には大きな鏡が張られ、隣に設けられた収納庫に続くドアがある。

中央には八人は座れる長方形のテーブル。カウンターにもキャビネットにもテーブルにも、国内外の雑誌や本、化粧品や新聞が雑多に積み上げられている。整然と整えられたオフィスの中で、この部屋だけは治外法権らしい。

「先生、どうぞ」

直央が物を寄せたり上げたりして、慎重に空けたテーブルのスペースに、米良がトレイを置く。一色に出された昼食は、直央に出された朝食と似たり寄ったりだ。王子は意外と雑に扱われているらしい。

テーブルの端でノートパソコンを操作している一色が、「ありがとう」と米良に声を掛け、直央に壁のモニターを示した。

「あったよ、同じパンプスが。見て」

五十インチのモニターに、パソコン画面がミラーリングされて映る。直央は米良と一緒に、キャビネットの上に置いたパンプスとモニターを見比べた。確かに同じパンプスだ。キャプションはすべて英語だ。海外のオークションサイトらしい。

「ねえ、九千二百五十ドルっていくら？」

かろうじて分かった価格らしき数字を読み上げると、米良が即座に答えた。

「百万円、ってとこかな」

「百万円⁉」

直央は価格の数字を確かめた。確かに九千二百五十ドルだ。

「靴だよ⁉」

「九千二百五十ドルで落札した人がいるの」

「そのくらいするよ」

一色がチョコレートコルネを食べながら直央を見た。

「フランスの有名デザイナーが出した、世界で五十足しかない限定品だからね。販売価格は三十何万円かだけど、プレミアがついたんだよ。デザイナーには熱狂的なファンがいるから」

コルネの尖った先が、キャビネットの上のパンプスを示す。

「おそらく一度も履かれていない。新品だと思うよ」

「簡単には履けませんよ。このパンプスを履くためには、いろんなものが必要だから。エスコートしてくれる男。履いていける華やかな場所。履きこなせるエネルギー」

米良が指で、鋭く高いヒールを示す。

「でも、靴だよ⁉」

「値打ちは需要と比例するの。この一足に世界中から百人近くが入札してるでしょう。注目した人は千人を超えてる」

パンプス画像の下にウォッチリストの人数が載っていた。

そんな靴が、非常階段に無造作に放り出されている。南青山はすごい場所だ。この世には、直央の知らない世界がまだまだあるのだ。

「でも、靴は片方じゃ価値がないよね」

一色がコルネを置き、検索サイトにデザイナーの名と、「パンプス」「盗難」と入力して「ニュース」のボタンをクリックした。

該当しそうなニュースは出てこない。英語でも何やら入力して検索したが、こちらも出てこない。

「この靴、なんで非常階段なんかにあったんだろう……?」

直央が耳にした男の声と関係があるのだろうか。それを一色に告げようとしたとき、壁のインターフォンが鳴った。

米良が受話器を取ると、モニターカメラにはコンシェルジュが映っている。

「先生、エントランスからです。お客様が。四階のテナントさんだそうです」

一色が直央に向かって、眉を上げてみせた。

「シンデレラのお出ましかな?」

ビルの四階には、テナントが二社入っているという。今から訪ねてくるのは、そのうちのPR会社の社長だと、エレベーターのロックを解除した米良が教えてくれた。

十七階で降りることは許しても、オフィスの中までは入れないらしい。応対のためにエントランスを抜け、エレベーターホールに出る一色を、直央は追った。

「ねえ、PR会社って何?」

「企業や団体の広報や宣伝、PR活動を担当したり、協力したりする会社のこと。具体的には、マーケティングをしたり、広い人脈を使ってテレビや雑誌、Webで情報を取り上げてもらえるように働きかけたり、宣伝活動を仕切ったり、情報危機管理なんかもね」

シンデレラとの出会いに備えてか、王子はミラー仕様になったエレベーターの扉で、自分の顔を見つめている。どんなシンデレラなのだろう。直央が空色のパンプスを思い浮かべたとき、十二時の鐘の代わりにエレベーターのベルが鳴った。

エレベーターの扉の向こうに立っていたシンデレラは、直央の想像よりも大人だった。

「アイリスPRの、富田《とみた》萌子《もえこ》と申します」

ソプラノボイスで名刺を差し出したのは、四十歳前後の女だ。

ショートカットに、きれいにメイクをほどこした細面の顔、ベージュのスーツの胸にIDカード。直央と同じくらいの背恰好だ。

「一色です。こちらは武川直央くん」

頭を下げるついでに富田の足元を見る。ちゃんと両足ともローヒールのパンプスを履いている。頭上で華やいだ声がする。

「光栄です。あの一色一磨先生にお会いできるなんて」

「この人、有名人なんですか？」

直央が尋ねると、「そうよ！」と富田が声を上げる。きん、と甲高い声が、直央の耳を突いた。

「経営者会議や懇親会でお噂を聞いてますもの。伝説のイメージ・コンサルタント、ミスター・パーフェクトだって」

富田の声のトーンが、どんどん上がっていく。

その声で思い出した。昨夜、一色の車の中から見かけたショートカットの女は富田だ。

「ウチの会社は美容やファッション関連のPRを専門にしてますから、イメージ戦略に関しては、絶えずアンテナを張ってるんです。私たちのような小さい会社の人間が、一色先生とお会いできるなんて夢みたい！」

車のガラスで遮られていた昨夜と違って、今はハウリング音のように甲高い声が直央の耳を容赦なく刺す。

さりげなく後ずさった直央に、「それより！」と富田が迫った。

「あなた、地下駐車場で空色のパンプスを拾ったでしょう？　警備室で聞いたの、十七階に来ているゲストの男の子が拾ったって」

男の子。甲高い声で言われると余計腹が立つ。

「それ私のなの。返してくれる？」

富田が直央に一歩迫り、紙袋に手を入れた。パンプスの片方か、と思ったが違った。親戚の叔母さんのような笑顔が直央に向けられる。

「はい、お菓子。ささやかだけどお礼よ」

「もう片方は？」

菓子に釣られるような子どもじゃねえよ、と直央は富田を睨んだ。

「本当に持ち主なら、もう片方を持ってますよね？」

富田の頬が、ぴくりと引きつった。

「置いてきたわよ」

「見せてください」

「あなたね、私は持ち主だから、このパンプスの存在を知ってるんじゃない」

「どっかで聞いただけかもしんないし」

百万円を超えるパンプスなのだ。入札者の百人、ウォッチリストの千人という数字が目に浮かぶ。

喉から手が出るほど欲しがっている人間は、たくさんいるはずだ。

「持ち主なら、持ち主だっていう証拠を見せてよ」

一色が「直央くん」と割って入る。

ハウリング声の襲来にも、いつもの王子スマイルは崩れていない。すげえ耐性、と感心する直央の前で一色が富田の顔を覗き込む。

「高価なものですから、後々問題が起きてはいけません。彼が拾ったパンプスは警備室に預けますから、そちらでやり取りしていただけますか？」

王子が富田の目をじっと見つめ、そして安心させるように微笑んでみせる。

「ダメ！」

あれ、と直央は拍子抜けした。富田は王子スマイルに懐柔されない。それどころか、ますます顔を引きつらせている。

「あなたたち、いい加減にして。うそだったらわざわざ警備室にまで行かないから！」

感情の高ぶりと比例してか、富田の声が大きくなる。

「男の声がしたんだよ」

直央は負けずに言い返した。

「男の声？」

富田より先に、一色が直央に尋ねる。直央は富田の顔から目を離さずに続けた。

「非常階段でパンプスを拾って、とりあえずドアを開けたら、男の声がしたんだよ。『納得できない、って言われても……！』って」

富田の頬がまた、ぴくりと引きつった。

「落としたのは、その男かもしれないじゃん」

直央が言い張ると、富田が考え込むように目を伏せた。

「……分かった。ちょっと待ってて」

富田は足早にエレベーターに乗り込む。ボタンを連打されたエレベーターが、逆らうようにゆっくりとドアを閉めた。

ミラーのドアに映った自分の顔を見て、直央はぎょっとした。口が思い切りへの字になり、頬が限界まで引きつっている。眉は知らぬ間に寄り、細い目をさらに細めている。我慢したつもりだったのに、我慢しきれなかったらしい。

「自分の会社に戻ったみたいだね」

一色が「4」で止まった階数表示を確認し、直央に「大丈夫?」と声を掛けた。

「よく平気だね……」

穏やかな王子スマイルは、一瞬たりとも崩れなかった。鉄でできてるのかよ、と感心する直央に、「平気じゃないよ」と一色が笑う。

「耳鳴りがしたよ。あそこまでのデスボイスはめったにない」

「デスボイス?」

「デスメタルって、音楽のジャンルは知ってる?」

「何となく」

黒い衣装で身を固め、長い髪を振り乱して咆哮するようなバンドの曲だろう。ネットサーフイン中に動画を見たことがある。

「デスメタルは、死や殺人をモチーフにした音楽。デスボイスっていうのは、デスメタルで使われるがなり声のことを言うんだ。それが転じて、うるさい声、不快な声の代名詞にもなってる」

ぐおお、と一色が喉を鳴らすようにして吼えてみせる。

「富田社長の声は甲高いけどね」

「デスボイスでいいよ。聞いてて死にそうになったもん」

直央が「返してくれる?」と富田のデスボイスを真似てみせると、「こら」と一色が笑った。

「人の気持ちはいろんな形で表れる。目は心の窓、っていうけど、声は心のドア」

一色が直央に、嬉しそうに告げる。

「こんにちは」

今度はイヤそうに告げる。

「こんにちは」

声色を自在に変える。

「こんにちは。こんにちは。こんにちは」

リラックス。緊張。投げやり。切り替えスイッチでも付いているかのようだ。

「声はときに、目以上に心を映す。声色っていうくらいに、表情と同じくらい感情が出る。人に与える印象も大きい。メラビアンの法則では、人は見た目で五十五%、声で三十八%、印象が決まると言われているんだよ」

――メラビアンの法則のメラ。

直央は今朝、米良と初めて会ったときのことを思い出した。

派手な見た目に驚いたが、すぐに馴染むことができたのは、米良の声が品良く落ちついていたからだ。

「気心の知れた相手ならともかく、普通は自分で声をコントロールする。でも富田社長は声のコントロールがまるでできてない。会社の社長、ましてPRを生業《なりわい》としているなら、自分やPRする対象を感じ良く見せるために、声のコントロールは不可欠なのに」

富田にとって、直央も一色も初対面だ。一人は大切な靴を持っている相手、もう一人は会えて光栄な伝説のイメージ・コンサルタントだ。少なくとも、不快な印象を与えたくはないはずだ。あのハウリング声はきっと無意識に発している。

「普通の声が出せないわけじゃないよね？　最初、名乗ったときは普通だったもん」

「プレッシャーを感じたり感情が高ぶったりすると、リミッターが外れるみたいだね」

一色がまた、ぐおお、と吼えてみせた。

「富田社長は、会社で何か大変なことでもあるんじゃないかな？」

「……ありそう」

警察官や詐欺師の心さえとろけさせる一色の微笑みも、富田には効かなかったからだ。

一色は手にした富田の名刺を検めている。少し鋭くなった目は、S市で謎を前にしたときと同じだ。

「食いつくよね、有名人なのに。ミスター・パーフェクトなんでしょ?」

直央が菓子折を押しつけると、受け取った一色が直央の目を覗き込んだ。

「だって、知りたくない?」


富田から一色のオフィスに連絡が入ったのは、三十分後だった。

一色と直央がエレベーターで降り立った四階は、富田のアイリスPRと通信関連らしき会社のエントランスが、エレベーターホールを分け合っている。

一色がアイリスPRのエントランス前にある館内電話で中に連絡すると、ほどなく若い女性社員が「お待たせしました」と二人を迎えに出てきた。

短い通路を抜けるとオフィスが広がっている。いくつか並んだデスクの島や、社がPRを手がけた商品やイベント資料の海を泳ぐ十数人の社員は、ほとんどが女性だ。ファッションや美容をメインに扱う会社だけあって、皆お洒落なファッションで身を固めている。

足がもつれそうになった。何なのあの子、と女性たちが自分を見ているような気がする。しかし、顔を上げた直央が見たものは、予想とは違った。

「こんにちは」

一色のあとに続く直央にも、社員たちは笑顔で会釈してくれる。S市のように直央にうさんくさそうな視線を向ける人はいない。南青山の人は意外と優しい。直央が感動していると、

「だから――！」とハウリング声が耳をつんざいた。

「カラーで二ページって話だったでしょ？　カラーで！」

フロアの一角に設けられた社長のコーナーで、富田がスマホに向かって吼えている。

「交渉して！　メイクのＰＲでモノクロじゃ話にならないでしょう⁉」

「賑《にぎ》やかですねえ」

前を見ると、一色が案内してくれている女性社員に微笑みかけたところだ。

女性社員が「ええ」と含み笑いで肩をすくめる。一色の微笑みが、今度はちゃんと効いたようだ。

「富田社長は、前から今みたいな声で話すんですか？」

「そうですねえ、だんだん前よりキツくなってますけど。でもまあ、ずっといると慣れるっていうか？　車や電車の音みたいな？」

慣れるというのは本当のようだ。

他の社員も皆、平然としている。ノートパソコンを操作したり、デザイン見本を見比べたりといった仕事の流れを、滞《とどこお》ることなく進めている。

「とにかく！　もう一度交渉して、すぐ。今すぐ！」

通話を終えた富田が口をぱかっと開け、小さなスプレーボトルを中に向けた。たっぷりと喉に吹き付けているのは、喉用の消炎薬だろう。

「力まかせの声は喉に負担を掛ける。相当、キてるんだろうね」

一色が直央にささやいたとき、ボトルを置いた富田が席を立った。直央たちのいる応接室前へと「ごめんなさいね」と足早にやってくる。

「お呼び立てしたのに、そんなところでお待たせして。ったくもう、気がきかない」

ハウリング声が鋭くなり、直央は身をすくめた。

しかし、富田が睨んだのは去っていく女性社員の後ろ姿だ。独り言だったのだろう。「どうぞ」と応接室の中に促されると、そこには先客がいた。

「大丈夫、できるって。マニュアル見たでしょ？」

三十代半ばの色白の優しそうな顔の男が、一人掛けのソファーに座って話している。

ブレザーにニットは、他の男性社員たちと同じ雰囲気だが、ボトムはデニム、足元はスニーカーだ。傍らには二十代前半の可愛らしい細身の女性社員が立っている。

「いや、私は向いてないって話で――」

二人が会話を止め、富田に「お疲れさまです」と挨拶し、直央たちに頭を下げる。富田が女性社員を「ほら」と片手でドアへと押しやった。

「大石《おおいし》、サボってんじゃないよ。給料泥棒はリストラするよ」

何てひどいことを、と直央ははらはらした。しかし大石はけろりと言い返す。

「うわパワハラ。訴えますよ？」

「生意気言うな。オヤジを転がすしか能がないくせに」

「だって社長じゃオヤジが嫌がるもーん」

言葉はキツいが、二人の顔は笑っている。いつものやり取りらしい。

「小澤《おざわ》課長、またね。今コーヒー持ってきまーす」

大石はソファーの男に手を振って出ていく。一色が面白そうに見送る。

「物怖《ものお》じしない社員さんですね」

「金持ちの娘なのよ」

富田が肩をすくめ、「そんな場合じゃないって」と独り言を言いながらドアを閉める。そして、一色と直央にソファーをすすめると、小澤と呼ばれた男を紹介した。

「元、社員の小澤です。この間まで、営業部に在籍していました」

「家業を継ぐために退職したんです。今日は、残務整理で」

小澤が人の良さそうな笑顔を二人に向ける。大石は営業部の後輩だったそうだ。

「さっそくだけど、これを見て」

富田がテーブルの上に置かれていた靴の箱を、一色と直央に向けて開けた。

「左片方だ」

中から現れた空色に、直央は目を凝らした。きらめくラインストーン、ベージュの内張。間違いなく、空色パンプスの一方、左片方だ。

「私が持ち主だって、信じてくれるわね？」

間違いないかと見入っていると、焦れたように富田が声を上げた。

「分かるでしょ？　拾った右片方、返してくれるでしょ？」

富田の声がまた、甲高く大きくなっていく。

「ねえ？」

急《せ》かす声が、きん、と直央の耳を刺す。

直央は、さっき一色から聞いた言葉を思い出した。

――プレッシャーを感じたり、感情が高ぶったりすると、リミッターが外れるみたいだね。

一色も直央と同じことを思ったらしい。富田と小澤に尋ねる。

「警備室を通したくないというのには、何か理由がおありなんですか？」

一色の視線を受けた二人が、目と目を見交わした。

「私が言うから。いいわね？」

小澤も慣れているのか、富田のハウリング声に動揺している様子はない。

「一色先生、実はこのパンプスは、彼が私にプレゼントしてくれたものなんです。持ち帰る途中で私、落としてしまって」

富田が「ねえ？」と小澤にハウリング声で問いかける。

顔を上げた小澤が「はい」とうなずく。直央は納得できずに、二人に尋ねた。

「それなら何で、非常階段なんかで見つかったんですか？」

「私も分からないのよ。もしかしたら、誰かがいたずらで隠したんじゃないかしら。知らない人から見たら、ただの派手なパンプスだもの」

小澤はじっと、パンプスの左片方を見ている。

「これ、百万円以上するんですよね？」

「……まあ」

直央の質問に、小澤が短く答える。

——納得できない、って言われても……！

小澤の声は、地下駐車場で聞いた男の声とは違うような気もする。

「内密なプレゼントというわけですね？」

「ええ、まあ」

一色の問いに答えた小澤が、額にかかった前髪を払う。一色の視線を手で避けたようにも見える。

もしかして、と直央は閃いた。

「あの、ちょっと見ていいですか？」

直央は富田の許可を得て、百万円パンプスの左片方を、慎重に両手で取り出した。爪先からぐるりと回転させて眺める。

「あ」

わざと手を滑らせ、落ちかけたパンプスを小澤がキャッチしてくれる。「すみません」と謝りながら、直央は素早くその手に目を走らせた。

「分かった」

一階でエレベーターを降りるなり、直央は一色に身を寄せて小声で告げた。

富田の会社を出てからここまで、乗り合わせた人の耳を気にして口をつぐんでいた。言いたくてうずうずしていたことが、やっと言える。

「富田社長の秘密」

「秘密？」

一色はエントランスの一角にある、チェーンのコーヒーショップへと向かう。気付いたのは俺だけだと、直央は鼻息も荒く一色を追った。

昨日車寄せから見たエントランスは、二階部分までが吹き抜けとなり、午後の陽射しで明るく照らされている。慌ただしく出入りする人々や、巡回する警備員、受付嬢やコンシェルジュに聞こえないよう、直央は声を潜めた。

「富田社長と小澤さん。あの二人、不倫してるんだよ」

直央は左手を掲げた。

「小澤さんは結婚指輪をしてた。富田社長は結婚指輪をしてない」

さっき応接室でパンプスを落としそうになった振りをしたのは、右手を上に手を重ね合わせていた小澤の手をチェックするためだ。

パンプスをキャッチしてくれた小澤の左手薬指には、銀色の結婚指輪がはめられていた。

「不倫ねえ……」

コーヒーショップのカウンターで、三人分のオーダーを終えた一色が考え込む。一色と直央、そして米良への土産《みやげ》だ。

「今回の事件の裏にあるのは、痴情のもつれだよ。富田社長は奥さんのいる小澤さんと隠れて付き合ってた。でも、上手くいってない。だから富田社長はプレッシャーでデスボイスになっちゃってるんだよ」

ミステリードラマで起きる殺人の二大原因は、金か痴情のもつれだ。奪い奪われ、争ったあげくに、鈍器で殴ったり崖から突き落としたりする。

あの甲高い大声も、不倫のイライラが元凶だと考えれば納得がいく。口の悪さや独り言を言うクセも同じだ。

「小澤さんは、会社を辞めるよ？　家業を継ぐために」

「それは言い訳。本当は、ただれた関係に嫌気が差したから。富田社長と別れるには会社を辞めるのが一番だからだよ」

直央の解説に一色が小さく首を傾げる。「パンプスも」と直央は付け足した。

「小澤さんが富田社長に、あんなに高い靴をプレゼントしたのは、別れるための手切れ金だよ。二人のことは、誰にも言うなっていう口止め料」

「……手切れ金。口止め料」

一色がドリンクの一つを直央に渡しながら、小さく繰り返す。

そのまま無言でエレベーターホールに向かい、エレベーターの前まで来たところで、「そうか」とつぶやいた。

「なるほど。ぴったり」

「でしょ⁉」

ほくそ笑む顔を一色に見られないようそっぽを向き、直央は片手でガッツポーズをした。

初めて一色に推理で勝ったのだ。憧れの師匠——二時間ドラマの探偵たち——に、俺やりました、と心の中で叫んだ。エレベーターの扉が直央を祝福するように左右に開く。

「待って」

乗り込もうとした直央の肩を、後ろから一色が止めた。手を伸ばしてエレベーターの下りボタンを押す。

「確かめたいことがあるんだ」

一色がポケットからスマホを出してタップした。


地下駐車場のコンクリートの床から、冷たい空気がじわじわと体を浸していく。しゃがんでいるから尚更だ。四階に行くだけだから、とダウンコートを着てこなかったことが悔やまれる。

直央が両手で包んでいるコーヒーの紙コップも、どんどん冷めていくのが分かる。何だって南青山でこんなことをしているのだろう。

車の陰にしゃがみ、一色と二人、身を潜めて前方を窺っている。数メートル先のガラス扉で隔てられた明るい地下エントランスを、まだかまだかと見張っているところだ。

思いついてニットの袖で両耳を塞げるか確かめていると、一色が「どうしたの?」と首を傾げた。

「富田社長が来るんでしょ? デスボイス対策」

一色が「そう嫌わない」と苦笑いでコーヒーの紙コップを置いた。

「デスボイスにはね、もう一つ意味があるんだよ」

どんな意味、と聞きかけたとき、一色が「しっ」と直央を制した。

指さした方を見ると、地下エントランスから小澤が出てくるところだ。

出てすぐのところで止まり、そのまま佇んでいる。誰かを待っているのだろう。

緊張しているのか、小澤の右手はせわしなく、指に引っかけたキーリングを揺らしている。

しかし、少しあとに現れた相手は富田ではない。

「お待たせ」

地下エントランスの自動ドアから現れたのは金髪頭だ。小澤が足早に歩み寄る。

「お電話いただいた米良さん、ですか?」

「そうです。小澤さんね?」

米良が手に下げていた紙袋を小澤に差し出した。

「はい、確かにお渡ししましたよ? うちの一色が、目立たないようにお渡ししてっていうから、こんなところにしたけど」

直央は一色に首を傾げてみせた。

パンプスを返すなら富田に返せばいいのに、なぜか一色は米良に電話し、小澤を呼び出して返すようにと指示した。米良は会社にまだいた小澤を地下駐車場に呼び出したのだ。

「揃いました」

渡された袋の中を確認した小澤が近くの車のボンネットに右片方を置いた。自分のバッグの中から靴の箱を出してフタを開ける。左片方が入っているのが見える。百万円が揃った、と直央は見入った。

「ありがとうございました」

「どういたしまして」

小澤の礼に、会釈で応えた米良が、エントランスに入っていく。

米良の姿が見えなくなったのを見計らって、小澤は揃ったパンプスを丁寧に箱に入れた。価値を落とさないよう、汚さないようにと気をつけているのだろう。

「ちょっと待って！」

エントランスから駐車場に駆け込んできたのは富田だ。

小澤が靴の箱を手早く紙袋に収め、脱兎《だっと》のごとく一台の車に駆け寄った。キーを解除し、ドアを開けたところに、富田が追いすがる。

「小澤さん、約束が違う」

小澤は強引に車に乗り込もうとする。「待ちなさい！」と富田が、必死で腕を摑んで食い下がった。

「どけよ、死ぬぞ！」

さっき聞いたのとはまるで違う険しい声に、直央は目を見張った。

声だけでなく、車を発進させようとする小澤の形相も変わっている。富田に向けられた血走った目は、憎しみに満ちている。

富田はひるむことなく、その腕を摑んで離さない。金切り声が地下駐車場に響き渡る。

「人殺しになりたくなかったら、約束のものを渡して！」

「自業自得だろうが！」

小澤に突き放され、富田が床に倒れる。直央はたまらず駆け出した。

「何やってんだよ⁉」

けたたましい警報音が鳴り響き、小澤がぎょっとして地下駐車場を見渡した。一色がコンクリートの柱に設置された非常ボタンを押したのだ。

警報音に地鳴りのような音が混じった。警報と連動しているのか、地下駐車場の入口にシャッターが下りていく。

下りきる音とともに、小澤の両手が、がくりとハンドルから離れた。

床に突き倒された富田は懸命に身を起こし、立ち上がろうとしている。

「大丈夫ですか？」

直央が助け起こす手に、反対側から一色の手も加わった。

「富田社長、あなた、もしかして、彼に脅迫されてるんじゃないですか？」

一色が静かに富田に尋ねる。

目を上げた富田が、少しためらったあと、小さくうなずいた。

駆け付けた警備員に取り囲まれ、小澤は地下駐車場からエントランスに連れ出された。

さっきの血走った目がうそのように、小澤は警備室へと大人しく連行されていく。どうなってるんだろう、と見送っていると甲高い声が響いた。

「いいからあなた先に行ってて!」

富田が駆け付けたビルのコンシェルジュを、地下エントランスへと両手で押しやっている。

「しかし富田社長、警察に通報しませんと。そのために、警備室で事情を伺わなくては」

「すぐに行くから!」

命じられたからか、それともハウリング声に耐えかねてか、コンシェルジュがエントランスに入っていく。その後ろ姿が角を曲がって見えなくなるのを待ちかねたように、富田が一色に詰め寄った。

「何なのあなた⁉　どういうつもり⁉　私でなく小澤にパンプスを渡したりして。しかも、そこに私を呼びつけたりとか!」

甲高い声は相変わらずだが、人に聞かれまいと警戒してか、ボリュームは絞っている。いつもの声が釘《くぎ》なら、今の声は針だ。

「まるで、小澤と私を対決させようとしたみたいじゃない!」

「そうです」

一色は平然と答え、直央に目で合図する。

直央は地下駐車場の床から拾った紙袋から靴の箱を取り出し、百万円パンプスを手近な車の上にそっと並べた。

「小澤さんにこのパンプスをもらったが、右片方を落としてしまった。あなたはそう仰いましたね」

一色は右片方の履き口をそっとつまみ、富田に見せる。

「でも、パンプスの側面が地面に触れた様子はない。低い位置から落としたのだとしても、この形の物体が転がらずに床にまっすぐ立つなんてありえない。つまり、誰かが意志をもって置いたってことです。非常階段のドアを開けて、すぐのところに」

一色が直央を見る。

「直央くんが右片方を非常階段で見つけたとき、パンプスの爪先はどっちに向いてた?」

「俺の方」

「踵《かかと》はドアの方に向いてたってことだね。靴を置くとき、人は踵を自分に向ける。そのことからしても、ドアの外から置いたというのは明らかだ。そして、外では男の声がした。おそらく富田社長とやり合う小澤さんの声が」

富田は口を引き結び、一色を睨むように見つめている。

「もう一つ。持ち主なら、わざわざ直央くんのところに来ることはなかった。さっさともう片方を持って警備室に行き、持ち主だと名乗れば済む。なのに、あなたはなぜかそれができなかった。僕らが警備室に拾った右片方のパンプスを届けることも拒否した。それに僕らをあなたの会社に呼んで、もう片方を見せてくれるまでに、三十分掛かった。つまり、あなたの手元には、もう片方、左片方がなかった。小澤さんが持っていたのでしょう。小澤さんを会社に呼ぶのに、時間が必要だった」

王子が「つまり」と左右のパンプスを寄せた。

「僕らが警備室にパンプスを預ければ、小澤さんが手持ちの左片方を証拠に、持ち主だと名乗り出て、すぐに落とした右片方を引き取れる。あなたは、それをさせたくなかった」

「させたくなかったたって、このパンプスは、最初っから富田社長のものだったってこと?」

「でしょう?」

一色に問いかけられた富田は、唇を嚙み締めて答えない。

「失礼ですが、あなたと小澤さんが人目を忍ぶ仲、不倫関係にあるのかとも思いました。あのパンプスは愛の証《あかし》、もしくは別れの代償として、小澤さんがあなたにプレゼントしたものではないかと。しかし、あなたの声を聞いているとそうは思えない。人間、とくに女性は、好きな異性の前では多少なりとも声が改まる。高くなったり、和らいだり、甘えを帯びたり。でも、あなたの声は小澤さんの前でもいつも通り。まったくコントロールされることなく、甲高く、うるさく、耳障りなままだ」

弾かれたように富田が一色を見上げる。

「恋愛関係でない、となれば、あとは取引。百万円を超えるこのパンプスと引き換えに、手に入れたい何かを、あなたは小澤さんに握られている。違いますか？」

「それって、富田社長は小澤さんに脅迫されたってこと……⁉」

富田は黙って、車の上に並べられた一足のパンプスを見つめている。

やがてその顔が、苦笑いを浮かべた。

「……さすが、ミスター・パーフェクト。鋭いのね」

甲高い声のトーンが少し落ちた。張り詰めていた気持ちが緩んだのだろう。

「これは五年前、出張先のパリで買ったものなの」

寂しげな目が、車の上に揃えられた百万円パンプスに向けられる。

「会社が無事に創立三周年を迎えたときだったから、自分へのご褒美《ほうび》にね。世界でたった五十足のパンプスを、ラッキーなことに手に入れることができた。きっと素晴らしい未来を迎えられるって嬉しくなった。でも、現実はこれ」

富田がローヒールのパンプスを履いた足で、とんと床を打ってみせる。

「このパンプスは一度も履いてない。一度も履くチャンスには恵まれなかった」

直央は、米良が言っていたことを思い出した。

――このパンプスを履くためには、いろんなものが必要だから。

エスコートしてくれる男。

履いていける華やかな場所。

履きこなせるエネルギー。

五年間、まっさらなまま出番がなかったパンプスが、急に悲しく見えた。

「会社を守るので手一杯で、そんな余裕なかった。最近じゃファッションはファストブランド、コスメはプチプラ。まっさきに削られるのは宣伝よ。私たちのような外のPR会社に宣伝を外注するよりも、自社で賄おうって。同業他社がどんどん潰れていく。穴の空いた船に乗ってるみたいな毎日。船が沈まないように、穴から浸水する水を、必死でかき出してる。少しでも手を止めたら沈んでしまうから。……でも頑張り続けたおかげで、先月、ようやく大きなチャンスに恵まれたの」

富田と部下たちが必死で練ったPR企画が、ある大企業の目にとまった。社運を賭けた新製品のPRに、アイリスPRを起用するというのだ。

契約が成立すれば、一気に損失を取り返し、会社を立て直せる。業界にも自社の存在をアピールできるチャンスだ。

「ところが、契約の際に交わす機密保持契約書を会社を辞める小澤に持ち出されてしまったの。返してほしければ、百万円を払えと脅された」

「……契約書で？　新製品の情報とかじゃなくて？」

「機密保持契約書は、契約書の内容も含めての、秘密保持契約になるんだ。契約書に何が書いてあるかが外に漏れたら、他社と同様の契約を交わすときに、比較されたりして不利になることがあるから」

一色が直央に説明してくれる。

機密保持の契約を破ったら金では済まないと、米良も言っていた。「厳しい……」とこぼす直央に、富田が小さくうなずく。

「機密保持契約書の内容が外に漏れれば、契約そのものが吹っ飛ぶ。ましてウチの会社は情報管理の仕事も手がけてるの。それなのに契約書をうっかり持ち出されたなんてことが業界に広がったら致命傷よ。かといって、情報漏れをお金で隠蔽《いんぺい》したってことが明るみに出れば、それもまた命取りになる」

迷った末、富田は小澤に何度も念を押してから、言われたとおりに金を払って解決することにした。

しかし、会社の経費で口止め料の百万円を計上することはできない。自分の貯金は会社の資金繰り悪化に備えるため、手がつけられない。

「で、これを差し出すことにしたの」

車の上に並んだ空色のパンプスを、富田は目で示した。

「小澤を説得した。インターネットで海外のオークションに出せば、百万円以上の金額になる。現金や貴金属でやり取りするより安全だって。万が一やり取りがバレても、ただのプレゼント、退職記念だと誤魔化せる。さっきあなたたちが言ったように、不倫の代償、とかね」

小澤も承知した。リスクを背負っているのは、小澤も同じだ。富田を脅迫してお金を払わせたことがバレたら、小澤は脅迫罪で警察行きになる。

そして今日、小澤が車で地下駐車場を訪れ、百万円パンプスと持ち出された契約書を交換することになった。

「取引の前に、念のためにパンプスを隠したの。非常階段のドアを開けてその中に」

富田が片方のパンプスを持ち上げる。

「もしかしたら、パンプスだけ取られて、契約書をどこかに流されるかもしれない。受け取って確認してから、隠した片方を持ってくればいいと思ったの。非常階段なんて避難訓練と点検のとき以外、通る人なんてまずいないし」

直央だって、閉め出されるなんて思ってもみなかったのだ。

「なのに、小澤と落ち合って受け渡しをしようとしたとき、非常階段のドアが開く音がして、あなたが隠しておいたパンプスを持って出てきた。すぐに警備員とコンシェルジュも来て、一色先生まで加わって、出るに出られなくなって。そして、このざま。あなたたちが小澤に右片方を渡して、パンプスの両方を手に入れた小澤は、私に書類を渡さないまま逃げようとした。表沙汰になったら、いいえ、噂が広がっただけでも、何もかも終わりよ」

大げさに天を仰いだ富田が、肩を落とす。

地下エントランスの方を向いた富田は、やがて紙袋を手に取ると、パンプスに手を伸ばした。

「警備室に行かないと」

「本当に、それだけですか?」

直央が尋ねると、富田の手が止まった。

「それだけですか？」

「それだけって？」

「非常階段に右片方を隠したのは、念のため。それだけ」

「他に何があるの？」

富田が戸惑ったような半笑いを浮かべる。直央は車の上のパンプスを示した。

「このパンプスを渡して、代わりに機密保持契約書を返してもらう。絶対、失敗できない受け渡しでしょう。小澤さんは契約書をまるごと渡してくれるはずだったんでしょう？」

「そうだけど？」

「だったら、契約書を渡しに来たのに、パンプスを片方しか持ってきてなかったら、絶対怒るよ。どういうことだってキレる。騙したのか、って揉めるよ。相手は人を脅迫してお金を取ろうとしてる人だよ？」

小澤が車から富田を突き放し、強引に発進しようとしたときの表情は、脳裏に焼き付いている。血走った目、人が変わったような形相、怒鳴り声だった。

一色も直央の言葉にうなずく。

「直央くんの言うとおりだ。小澤さんも危ない橋を渡ってたんです。おまけに小澤さんは男。あなたには体力的なハンデもある。絶対に、揉めたくはないはずですよね」

「富田社長がパンプスの片方を非常階段に隠したのには、何か理由があるんじゃないですか？時間稼ぎとか、何かを待ってたとか」

富田はローヒールの足元をじっと見つめている。

やがて深い溜息が聞こえた。

「……そうよ。契約書と引き換えに、パンプスを一足渡していれば、お互い受け取ったものを確認して、取引をすぐに済ませられたはず。でも、私が欲しいものは、契約書だけじゃなかったから。どうしても諦められなくて」

富田が顔を上げ、直央と一色を見る。

「私はね、小澤と三年間、仕事をしてきたの。細かい気配りが必要な営業の仕事を、彼は一生懸命やってくれた。ずっと会社にいてほしかったし、だから会社の経営が苦しくても、相応の報酬を出した。昇進もさせた。人当たりもよくて、真面目で、責任感が強くて、理想の部下だったの」

きん、と声が直央の耳を打った。

富田の声が甲高くなっていく。地下駐車場に、デスボイスが響き渡る。

「なのに、どうして急に⁉ 契約書を持ち出して私を脅迫するなんて……！ 信じられなかった。どうしてかと何度聞いても、頑として教えてくれない。最後のチャンスは受け渡しのあのときだけだった」

一色を見ると、じっと富田を見つめ、聞き入っている。

「小澤だけじゃない。私の会社が傾いたのは、辞めたり引き抜かれたりする社員が、立て続けに出たからよ。人が抜けた穴を、経営者がどれだけ苦労して埋めると思う⁉ それが、何人も何人も……！」

デスボイスが少し低くなった。感情が高ぶって、息が荒くなっているからだ。「だから……！」と続いた声には、涙が滲んでいる。

「私が何をしたっていうの⁉ 何が悪いの⁉ それを知りたかったの。小澤の口から聞きたかった。だから頼むチャンスを作るために、パンプスの片方を隠したのよ！」

耳に刺さる針が、胸にも刺さった気がした。

やはりデスボイスのせいなのだろうかと、直央は考えた。しかし、アイリスPRの女性社員が「慣れた」と言っていたのも覚えている。他の社員も皆、平然と聞き流していた。

どうなんだ、と問いかけるように一色に視線をやる。富田も一色に向き直った。

「あなた伝説のイメージ・コンサルタントなんでしょ。教えてよ、どうして私がそこまで憎まれるのか」

「じゃ、遠慮なく」

一色が、「こちらへ」と富田を促し、通路の真ん中に立たせる。

「直央くん、富田社長の二メートルほど横に立ってくれる？」

言われるまま、直央は通路に立った。

「まっすぐ前を見てて」

一色は二人の後ろに回った。「いい？」と問いかけた声から察するに、三メートルほど後ろだろう。張りのある声が響く。

「右手を挙げて」

富田が右手を挙げるのが、目の端で見えた。

「左手を挙げて」

直央は左手を挙げた。

「富田社長、今、どうして右手を挙げたんですか？」

「私に、挙げろって言ったじゃない」

「直央くんは、どうして右手を挙げずに左手は挙げたの？」

「右手を挙げろって言われたのは、富田社長じゃん。左手は、俺が、挙げろって言われたから」

「こういうことです」

一色が二人に歩み寄り、前に回る。そして富田に告げた。

「あなたは確かに悪声、デスボイスだ。声の大きさもトーンもコントロールできてない。会社のことで追い詰められて、年々ひどくなっていったんでしょう。甲高くてうるさい声は、自己中、周りが見えてない、空気が読めない人間というイメージを与える。聞いていて不愉快に思う人もいる。でも、好感を持たれることよりも、もっと大切な役目が声にはある」

「何、それ？」

直央が尋ねると、一色が自分の胸に手を当てた。

「伝えるべき人に、きちんと伝えることだよ。声を出すときに、一番大切なのは、声で『触る』こと。今、僕がしたみたいに。富田社長に右手を挙げてほしいと思ったら、富田社長に伝わるように声を『届ける』。これをおろそかにして、適当に声を『投げて』いると、誤解が生じる」

一色が二人に歩み寄り、「例えば」と少し軽い口調で言った。

「車の運転はできないんですか？　お気の毒に」

「別に、必要ないし。会食も多いし」

富田が戸惑ったように言い返した。むっとしたのか、少し眉が寄っている。

一色が、今度は直央に同じ口調で尋ねる。

「車の運転はできないの？　気の毒に」

「俺まだ十七だもん」

何でここで車の話なんだ、と怪訝に思いながら答える。

一色が「こういうことです」と富田を見つめる。

「同じ言葉でも、直央くんは平気で受け止め、あなたはイラッとする。声がきちんと目指す相手に届かなかったせいで、こんな風に、Aに言ったことをBが自分のことだと受け取ってしまったら、内容によってはBは深く傷つくでしょう。富田社長、分かりますか？」

「……ええ」

「あなたの会社でちらっと見ましたが、小澤さんの元部下、大石さんと、あなたはずいぶんパワハラまがいの、どぎついやり取りをしていた」

――給料泥棒。

――オヤジを転がすしか能がないくせに。

あのとき富田が発した言葉を直央は思い出した。言葉のひどさとキツさに、思わず大石が心配になった。

「小澤さんと大石さんは同じ部署、営業部にいた。デスクも近いでしょうし、何かと一緒にいることが多かったはずだ。その状況であなたが大石さんにキツいことを言う。大石さんは若いし、性格的にも物怖じしない、天真爛漫《てんしんらんまん》なタイプでしょう。何よりあなたと親しいし、遠慮なく言い返せる。だからどんなにキツいことを言い合っても、それがコミュニケーションになる。でも、何かの弾みであなたが彼女に向けて放った言葉を、上司の小澤さんが受け止めてしまったら?」

富田が息を呑んだのが分かった。

給料泥棒。富田が発した言葉を直央はまた思い出した。

社外の人間である、一色と直央がいる前であれなのだ。内輪では、もっとひどいことを言っていてもおかしくない。

「あなたには独り言のクセもありますよね。しかも、結構愚痴っぽいことを言う。それらをすべて、小澤さんが自分に向けられたと受け取ったら? プライドが傷つくでしょう。積もり積もれば恨みになる。立場上、言い返すことができなければ、なおさらだ。自分を傷つけておいて平然としている相手は、見れば見るほど腹が立つ。小澤さんからしたら、年上とはいえ女のあなたにプライドを傷つけられて、余計に腹を立てたかもしれない」

「じゃあ、会社の人の退職や、引き抜きも、もしかして……?」

社員が会社を去っていったのは、小澤と同じように富田の無遠慮な言動で傷ついたからなのか。

富田は黙って宙を見据えている。きっと今、一色の指摘を受けて、思い当たるシーンをいくつもいくつも脳裏で蘇らせているのだ。

——自業自得だろうが！

直央の耳の奥で、小澤の叫びが蘇る。

やがて富田が顔を上げた。厳しい表情のまま一色を見つめ、「ありがとうございます」と頭を下げた。

「小澤と話してきます。脅迫のことはともかくとして、誤解だけは解きます」

富田がエントランスへと早足で歩き出す。一色が「待って」と声を掛けた。ボンネットから空色のパンプスを取り、コンクリートの床にそっと並べる。

「ハイヒールを履くといい声が出ますよ。姿勢が前のめりになるから。声楽家の中にも、ハイヒールを履いて練習する人がいるそうです」

王子が微笑み、曲げた腕を富田へと差し出す。

ふ、と照れたように笑った富田が、王子の腕に手を掛けた。

王子の腕に支えられながら、富田はローヒールのパンプスを脱ぎ捨て、空色のパンプスに右、左と足を入れた。

そして一色の腕を放し、初めて履くパンプスを馴染ませるかのように、小さく足踏みをした。

苦笑いの顔がパンプスの足元を見つめる。

「余裕ができたら履こう、って、ずっと後回しにしてた。もっと早く履いてればよかったのね」

初めて聞く富田の落ちついた声は、直央の耳にも優しかった。

少しぎこちない足取りで歩いていく富田の後ろ姿を、一色と二人で見送った。

明るく照らされたエントランスのように、富田のたどり着く先も明るいことを直央はひそかに願った。


「デスボイスの、もう一つの意味って？」

十七階から一階へと降りていくエレベーターの中で、直央は思い出して一色に尋ねた。

米良に挨拶し、一色とS市に向かうところだ。

今から家に向かえば、夕食の支度にぎりぎり間に合う。母や礼衣が戻る前に、掃除も済ませておかなければならない。

「もう一つの意味は、『心の叫び』」

止まったエレベーターから降りながら、一色が教えてくれる。

「デスボイスは、己の怒りや悲しみを表現する叫びでもあるんだ。言葉にならない辛さ苦しさをね」

ぐおお、と一色がエントランスを歩きながら小さく喉を鳴らしてみせる。分かったから、と直央は肘で小突いて止めた。

「人の気持ちは、いろんな形で表に出る、でしょ」

デスボイスだけではない。

むさくるしい、笑えない、チャラい。一色と一緒に目にしてきた「感じ悪さ」の裏には、孤独、コンプレックス、プレッシャーなど、その人が隠し持っている何かが必ずあった。

エントランスの自動ドアから外に踏み出しかけたとき、向かいから来た男が一色の肩をかすめるように、無理矢理横をすり抜けた。

小さく息を呑んだ一色の口元が、すぐまた穏やかな笑みをたたえる。まるで形状記憶合金のようだ。

「今の、ムカつかないの？」

一色は小さく笑っただけで歩き続ける。

それを見て思い出した。直央の暴言にも、富田の悪声にも、小澤の狂乱にも、まったく自分を崩さなかった一色を。

もしかしたら、一色は自分の気持ちを表に出すことができないのではないだろうか？

だから一色はS市に来るのかもしれない。

直央や五味市長と関わり、金も手間もいとわず追いかけて向き合う。人の「感じ悪さ」とその裏に隠れた心の叫びに耳を傾ける。自分が失ってしまった何かと、向き合っているのかもしれない。

「心配？」

黙り込んだ直央の顔を、一色が覗き込む。

お前なんか心配してねえ、と首を振ってみせると、一色が「大丈夫だよ」と微笑んで、ポケットからメモ用紙を出した。

「米良さんは舌が肥えてるから。彼女のオススメなら間違いないよ」

メモ用紙には、米良がパティスリーの店名をいくつも書いてくれている。

一晩とはいえ家出して戻るのだ。手ぶらで家に帰るのはさすがに気が引けるので、S市には売っていなそうな菓子を買って帰ることにした。一色には「初・南青山の記念」ということにしてある。

一色と並んで大通りを歩きながら、直央は振り返った。

あのときの直央も、デスボイスだった。

母に主張ではなく感情、意志ではなく悔しさをぶつけた。学校に行きたくない。恐怖と怒りで、ただただ叫んだ。

だからまともに聞いてもらえなかったのだ。富田の声に、耳を塞ぎそうになった直央自身のように。

もう一度、ちゃんと話してみよう。

早くも日が傾きかけている。店はどの辺にあるのだろうと、直央は通りを見渡した。

「……なんか、普通だね」

港区南青山なんて、完璧にお洒落な人ばかりが歩いていると思っていた。でも、実際に歩いてみるとそうでもない。

サイズの合わない制服を持て余している男子中学生、小太りの中年女、風に吹き飛ばされそうな老紳士が直央とすれ違っていく。

いつのまにか、自分の肩の力が抜けているのに直央は気付いた。

第四話　うぬぼれ鏡

「ほら、お兄ちゃんの好きな犯罪だよ」

後ろから妹の礼衣に呼びかけられ、居間のパソコンに向かっていた直央は我に返った。

座椅子からのけぞるようにして、パソコンデスクと並んだテレビに目を向ける。画面に映っているのは、庭園を背にした二階建ての洋館だ。「立入禁止」のテープで入口が塞がれ、警察官や刑事が行き交っている。

「強盗があった博物館」

座卓で土曜日の遅い朝食をとっている礼衣が、テロップを読み上げる。S市にある博物館だ、と思い出した直央に、画面に映ったアナウンサーが教えてくれる。

「一月七日の午後十一時過ぎ、二人組の男がベアー文化博物館の事務室に押し入り、館長と警備員を縛り、金庫にあった現金一千万円を奪って逃走しました。犯人は閉館後の館内に潜んだ上で押し入ったものと見られ、警察で行方を追っています」

ニュースの画面が七草イベントの話題に切り替わる。元の体勢に戻った直央を見て、「えー?」と礼衣が声を上げた。

「どうしちゃったの、お兄ちゃん⁉　食いつかないの？　リアルサスペンスだよ？」

振り返った直央の前で、礼衣が真っ赤なイチゴジャムをすくったジャムスプーンを、「ぐえ」と喉に刺す真似をする。バカじゃね、と鼻で笑った直央に、「あ」とスプーンを向ける。

「もう犯罪よりお洒落？　お洒落喪中になったから？」

「礼衣、お兄ちゃんを喪中って呼ぶのは止めなさい。縁起が悪い」

空の洗濯カゴを持った母の鈴子が、廊下から礼衣をたしなめる。「だって喪中じゃん」と、礼衣が直央の着ている黒のニットとボトムを見て、口を尖らせる。ヘアカットで生まれ変わったのだから、着る服も何とかしろというのだ。

うるせえよ、とパソコン画面に視線を戻した瞬間、画面が真っ暗になった。十五分間、同じ画面を見続けていたからだ。

マウスを振ってスリープモードを解除していると、洗面所に洗濯カゴを置いた母が居間に入ってきた。

「直央、いい学校、あった？」

「……まだ」

背中で答えて、復帰した画面を見つめた。

画面一杯に、直央と同じ年頃の男女が、校舎をバックに元気に跳ねる画像が表示される。ニュース画面のテロップと同じような文字が躍っている。

——夢に向かってハイスクールライフ！

自分スタイルで学ぼう！

東京にある、通信制高校のホームページだ。

クリスマス前の家出騒ぎを経て、直央は改めて母と今後について話し合った。その結果、直央は四月の新年度から通信制高校に転校することになった。

通信制といっても、在宅型ではなく週に一日は登校が必要な学校を選ぶことが、母が出した条件だ。

——直央に、人との関わりを断ち切らないでほしいの。

そういう学校は、登校日数を週一日から二日、三日と増やしていける。

条件を呑み、転校に備えて生活を夜型から朝型に改め始めた。そして今は居間のパソコンを使って学校選びに取り組んでいる。学校のホームページと路線案内と地図サイトを見比べるには、スマホだけでは不自由だからだ。

母が直央の後ろから、パソコン画面を覗き込む。

「個別の相談会や説明会は予約制のところもあるでしょう。平日の昼間になるんだったら、お母さん、仕事があるから前もって予定を入れないと」

「分かってるって」

遮る声がつい尖ってしまった。

かちゃん、と軽い音に続いて、礼衣が座卓から立ち上がる。キッチンに食器を下げ、廊下に出て階段を上がっていくのが、音で分かる。直央と母の間に不穏な空気が漂い始めると、礼衣は必ず逃げていくのだ。

母も黙ったまま、直央から離れてキッチンに入っていく。その気持ちは充分に分かっている。けれどパソコン画面に目を戻すと、数字ばかりが目に飛び込んでくる。

一時間五分。六十分。三十分。週一回。四時限。五十万円。通学時間や授業時間、休憩時間、期間、回数、納入金などだ。

高校で「ぼっち」生活を送っていたころは、十分の休み時間や二十分の昼食時間は果てしなく長かった。引きこもってしばらくは、歩いて五分のコンビニにさえ、夜中にしか行けなくなった。

――感じ悪い。

昔、クラスメートから投げつけられた言葉が、また耳の奥で蘇る。

気付くと目の前の画面は、また真っ暗になっていた。


平日と違って静かな廊下に、ドアの向こうから笑い声が響く。ドアにはめられたガラス越しに室内を覗くと、口元を柔らかく上げた横顔が見える。

市役所の三階、セミナールームで一色が向かい合っているのは、何度か見かけたことのある老女、清水だ。テーブルの上に色見本が広げられ、一色が愛用している巨大なジュラルミンケースも見える。イメージアップ相談の最中なのだ。

よかった、来ていたと、ほっと直央が息をついた瞬間「わっ」と後ろから脅かされ、体が跳ねた拍子に頭がガラスにぶつかった。

「あけましておめでとーう」

振り返ると五味賢一が、にやにやと笑っている。ゴミラめ、と睨み返したとき、ドアが開いた。

五味と直央を見た一色が、歓迎の笑みを浮かべる。

「……どうも」

一色と顔を合わせるのは、家出したとき以来だ。何となく気恥ずかしくて、素っ気ない挨拶しかできない。

「あらあ、五味市長！」

清水が華やいだ声を上げる。「どうぞ」と一色に招き入れられ、五味に続いてセミナールームに入った。

促されるままテーブルにつくと、清水が嬉々《きき》として五味に話しかける。なんだか前と雰囲気が違う。

「市長、いつもぱりっとして素敵ですねえ。こんなに近くでお会いできるなんて嬉しいわ」

清水を二度見した直央は気付いた。笑顔だ。

前は一色を化粧品セールスと決めつけ、口をへの字にして愚痴ばかり言っていた。しかし今は、ふんわりと微笑んでいるおかげで、シワの寄った顔が愛らしく見える。

清水の話をにこやかに聞いてやっている五味も、すっかり垢抜《あかぬ》けた。もう注意されなくても背筋はぴしりと伸び、清水への話しかけ方にも重厚感が出ている。

「今の私があるのは、ボランティアで改造してくださった、一色先生のおかげなんですよ」

「ふふ、私もよ」

「お二人にそう言っていただけて光栄です」

一色に微笑みかけられた清水が、少女のように頬を染める。

小さな電子音が聞こえた。壁の時計が十四時ちょうどの時報を鳴らしたのだ。目を細めて壁の時計を見た清水が、「バスが来る時間だわ」と立ち上がる。

一色がいつかのように、ドアを押さえて清水をエスコートする。清水が一色の手を取り、両手で握りしめた。

「じゃあね、元気でね。また会えるといいわね」

しゃんと背中を伸ばして、清水が去っていく。一色と五味が廊下に出て、並んで見送る。清水は引っ越しでもするのだろうかと思っていたら、室内に戻ってきた五味が、笑顔から真顔になった。

「残念です、イメージアップ相談、今日で最後なんて」

「最後？」

今日初めて目が合った一色が「うん」とうなずいた。

「直央くんにも連絡しようと思ってたところ。仕事でしばらく海外に行くから。イメージアップ相談は今日で終わらせてもらったんだ」

それで五味は挨拶がてら、セミナールームを覗きに来たのだという。

「受講者はそれほど多くなかったけど、市民の皆さんにも職員にも、評判が良かったですよ。先生、ぜひまたいつかお願いします」

「僕の方こそ、講座を持たせていただけて勉強になりました」

一色が「ありがとうございます」と五味に頭を下げる。五味が「こちらこそ」と礼を返してから、「お前もなんか言えよ」と直央を促す。

「お前、何だかんだ言って、世話になったよなあ。髪もいい感じにしてもらったし。一色先生がS市に来なくなるのは寂しいよな」

「直央くん、今日は？　遊びに来てくれたの？」

「……別に。近くまで来たから、ついで」

レッスンを受けたい。喉まで出かかっていた言葉は、うつむいた拍子に引っ込んでしまった。

視線を感じて顔を上げると、一色がじっと直央の顔を見ている。

「……何？」

平静を装って尋ねると、一色が「いや」と爽やかに微笑む。

「ちょうどよかった。直央くんに、付き合ってもらいたい場所があるんだ」

「秘書から聞きました。先生、わざわざ行かれなくても、こちらで写真を用意させますよ」

「いえ、やはり実際にこの目で見たいので」

「……まあ、話題の場所でもありますしね」

五味が苦笑する。怪訝な顔になった直央に、一色が尋ねた。

「ベアー文化博物館って知ってる?」

S市を拠点とする株式会社ベアーは、「地方豪族」と呼ばれる地域型の企業だ。県外の知名度は○に近いが、県内の人間は百パーセント知っている。大型スーパーマーケットチェーン、ベアーを中心に、コンビニや弁当店、飲食店などを県内に展開し、売上げは三百億円を超える。

その創業者一族が、地域貢献のためにと文化財団を設立し、ベアー文化博物館を運営している。中学校の授業で一度訪れたことがあるが、S市で発掘された土器などの文化財と、絵画や陶器などの古美術品が主な所蔵品だ。

「先代か先々代が、骨董《こっとう》品の熱心なコレクターなんだって」

並んで博物館のロビーに入りながら、一色が直央に教えてくれた。

市役所で五味と別れ、二人で博物館を訪れたところだ。

土曜の午後だが、来館者は地元民らしき年配者が数人いるだけだ。強盗事件の余波もあるのだろう。

「つまんないところだよ」

まっすぐ前を見ていても、一色が直央を見たのが分かる。つい口調が尖ってしまう。

市役所だけが、直央と一色の接点だった。世界を股に掛けるイメージ・コンサルタントと、田舎の不登校少年が顔を合わせる機会がなくなってしまう。王子は庶民のことなど忘れて、南青山、もしくは世界のどこかにあるお城に帰ってしまうのだ。

受付の前に並んで立ちながら、そっと一色の横顔を窺う。

一色は、受付の横に飾られた球形の彫刻をじっと見つめている。いつもよりも心なしか、厳しい表情だ。

直央の態度に思うところがあったのだろうか、と心配になったとき、一色が小さく首を傾げたのを見て溜息が出た。王子は球形の彫刻に映った自分の顔を見つめているのだ。

「お待たせしました」

受付で館内電話の受話器を置いた女性スタッフが、一色に声を掛ける。

「ただいま担当の者が参りますので、少々お待ちください」

「ありがとうございます」

愛想よく女性スタッフに礼を告げる横顔には、直央と会えなくなる寂しさらしきものは、欠片《かけら》も見えない。担当者を待ちながら、朗らかな口調で直央に教えてくれる。

「強盗事件が起きたのは災難だけど、この博物館は恵まれている方だと思うね。今の美術館や博物館は、予算を削られて苦しいところも多いんだよ」

「へえ」

強盗事件に頭を切り替え、改めてロビーを見渡す。

一階は縦三つに分かれている。真ん中は、庭園に面した奥まで続く天井の高いロビースペースだ。左奥から壁沿いに、二階に続く階段、エレベーター、通路、そして受付がある。ロビーの右側は、「ベアー文化ホール」だ。和洋問わずの美術展や映画の上映会、アマチュア劇団の演劇や合唱サークルの発表会まで、あらゆることに使われている。

「市民の文化活動に貢献してるってことで、市がベアー文化財団を表彰することになったんだ。来週行われる博物館の五周年記念セレモニーに、五味市長が出席して発表する。そのためのスタイリングをするから、どんな雰囲気の場所か見てみたくてね」

ベアー文化財団も、ベアー本社も、そしてS市市役所も、活動報告や広報、株主総会などで発表時の映像や写真を使う。ケーブルテレビや新聞の取材も来る。そこで一色の出番というわけだ。

「雰囲気を見るだけなら写真でいいじゃん。強盗があったところが見たいだけでしょ」

「直央くんは？」

一色が澄まして聞き返す。

うるせえ、と直央が横目で睨んだとき、数メートル先でエレベーターの扉が開いた。降り立った男が、「すみませーん」と鈴を転がすような声で叫んで駆け寄ってきた。

男ではない、二十代半ばの女だ。ベリーショートの髪に、男のようなかっちりしたパンツスーツを着て、首からIDカードを下げている。優しげな顔立ちには化粧気がない。

「学芸員の、岸《きし》みのりと申します。あいにく館長が不在で、代わりに私が案内させていただきます」

「一色です。こちらはアシスタントの武川直央くん。大変なことがあった直後にすみません」

一色が頭を下げたのを見て、直央も続いた。「いえー」と岸が片手を振って止める。

「昨日までは警察や本社の人間が来て、わたわたしてましたけど、今日はもう……。現金以外、被害はなかったですし。表彰も予定通りなわけですから」

今日から通常通りに開館したところだという。

「お疲れさまでーす」

振り返ると、ホールから出てきた若い女性スタッフが二人、直央たちを見ている。私服の胸に岸と同じIDカードを下げ、手には丸めたポスターや作業道具を持っている。

「アルバイトさんたちです」

岸が一色と直央、アルバイトの二人をそれぞれ紹介する。きゃあ、と女性スタッフが揃って歓声を上げる。

「すごーい、イメージ・コンサルタントさんって、ファッションチェックとかするんですか？」

「芸能人とか会います？」

にこやかに挨拶した一色に、女性スタッフたちが近づく。話しかける二人の声が、どんどん高くなっていく。母の鈴子や妹の礼衣が、テレビでイケメン俳優を見たときに出す声と同じ系統だ。

やっぱり一色は、直央とはかけ離れた世界の人間なのだ。

「ごめんね」

可愛らしい小声に振り返ると、岸が直央に、目で女性たちのはしゃぎっぷりを示した。

「ここ、ろくな男がいないから」

ろくでもない男はいるのだろうか、と警戒しながら、直央は一色とともに、まずは表彰会場となるベアー文化ホールを案内してもらった。

館長が戻ったと事務室から連絡を受けた岸に促され、続いて向かったのはエレベーターの横にある通路だ。入ると、男性用と女性用のトイレの前を通り過ぎたところにドアがある。その向こうは職員用のスペースだ。左に折れて少し行くと、事務室のドアがあった。

ベアー文化財団の事務局も兼ねるという広い事務室は、一階ロビーに面した側が仕切りで小さく区切られ、博物館の受付となっている。反対の庭園側は三畳ほどがガラスの壁で区切られ、館長室になっている。フロアは年間、月間、週間と分かれたスケジュールボードや、ブロック状のチラシの束、段ボール箱にびっしり差された丸めたポスターなどで雑然とした中、デスクが四つ、四角く固めて置かれ、横には応接セットがある。

館長室のデスクから立ち上がった館長の熊谷《くまがい》は四十代前半だろう。疲れているのか、のっそりとフロアに出てきた。「アシスタントです」と一色が紹介してくれたので、「武川です」と精一杯大人ぶって挨拶した。

「へえ、可愛いアシスタントさんですね、中学生?」

普通なら睨みつけてやるところだが、代わりにふん、と目を伏せた。

熊谷は背が高く、色石がついた銀色のタイピンが、直央の顔辺りにくる。直央よりも縦も横も一回り以上大きい。スーツの肩や胸、脚もがっちりと張っている。向かい合っているだけで圧倒される。

しかし、たくましい見た目に反して元気はなさそうだ。

「すいませんね、取り込んでまして、申し訳ありません」

寝不足なのか、目が充血して潤んでいる。高そうな時計をはめた左手で、気だるげに額をこする姿に疲れが滲み出ている。

一色が、岸のときと同じように詫び、「お疲れのようですね」といたわると、「すみません」と小さく溜息をついた。

「強盗事件のおかげで、警察だ、本社だと、いろいろありまして……」

「通報したのは、どなたなんですか?」

「私です。警備員と二人、後ろ手に縛られて床に転がされてたんですけど、犯人たちが出ていってすぐ、必死で立ち上がって壁の非常ボタンを額で押して」

「犯人は捕まりそうですか?」

一色が尋ねると、館長は首を振り、物憂げに溜息をついた。

「防犯カメラは切られて、犯人の姿は記録されてません。目撃者もいないですし。収蔵品や館内を荒らされなかったのと、ケガ人が出なかったのが不幸中の幸いです。今日もいろいろありまして……。あいにく私はご案内できませんが、ご要望があれば何でも岸くんに言ってください。岸くん、頼むね」

「はい。行きましょう」

館長の言葉を受けて、岸が二人に声を掛けたとき、振動音がした。

岸がマナーモードにしたスマホをポケットから出し、「失礼します」とデスクの一つに駆け寄る。パソコンを操作し始めたところを見ると仕事の連絡だろう。真剣な表情でマウスをあやつっている。

美術に携わる人は個性的だな、と、男のように短く切られた岸の髪を見ていると、足早に来た小柄なメガネ男が、直央の横をすり抜けた。

「お待たせしました」

二十代後半と見える男がコンビニ袋を、ソファーに座っている熊谷にうやうやしく掲げてみせる。

熊谷は無言で除菌ティッシュを取って手を拭いた。メガネ男も除菌ティッシュで手を拭いてから、コンビニ袋からサンドイッチとペットボトルを出して、ソファーテーブルに並べる。

「根津《ねづ》」

あごで示された男が、従順にペットボトルのフタを開ける。まるで執事だ。すげえ、と一色に視線を向けると、一色が返事の代わりに眉を上げてみせた。

無言のままサンドイッチにかじりついた熊谷が、ソファーテーブルに置かれた大判の紙に目をやった。

「鶴田《つるた》」

デスクでパソコンに向かっていた男が「はい」と席を立ち、慌てた様子で熊谷の元に駆け付ける。椅子に掛けたジャケットを弾みで落としたが、急いでいるのかそのままだ。

すっぽんのようだと、直央は鶴田という男を見た。髪も首も短く、ワイシャツにネクタイの体はボトルのような撫で肩だからだ。年齢は根津と同じくらいだろう。

「読んで」

熊谷がサンドイッチを頬張りながら命じる。鶴田が「はい」と即座に紙を取って読み始めた。

「お詫び。この度の事件につきましては、博物館を愛してくださる皆さまにご心配をお掛けし、大変申し訳ありません。また、臨時の休館でご迷惑をお掛けしましたことを、心よりお詫びいたします」

「館内に掲示するものじゃないかな」

一色が小声で直央に教えてくれる。

読み終えた鶴田を、熊谷が「あのさあ」と睨んだ。

「陰気くさい内容なんだから、せめて見た目は気を遣えよ。白地に黒ってまんま葬式だろ。博物館なんだから、せめてグレーの紙とか使ってアートな感じに作れよ」

アートな「お詫び」でいいのかと、直央が隣に立つイメージ・コンサルタントに目で問うと、小さく首をひねった。熊谷がねちっこく続ける。

「それに、申し訳ありません、って、へりくだりすぎ。こっちはさ、被害者なんだからさ」

さっき一色に同じことを言った口が、憎々しげに吐き捨てる。

鶴田が「すみません」となく首を縮めても、熊谷は止まらない。

「大体さ、こんな小《ち》っちゃい字で、爺《じい》さん婆《ばあ》さんとか読めんのかよ。もう少しさ、ユニバーサルデザインっていうか？ 考えるよね普通は」

助けてやれよ、と根津を見たが、根津は知らん顔でさっさと事務室を出ていく。

「お待たせしました。行きましょう」

岸が一色と直央を押すように、廊下へと促す。

関係者通路を通り、ロビーに出てもまだ受付越しに熊谷館長の罵声《ばせい》が聞こえてきた。

「すみません、お待たせした上に……」

階段で二階へと上がりながら、岸が一色と直央に詫びた。語尾を濁《にご》したのは、熊谷館長の醜《しゅう》態《たい》を恥じてのことだろう。

「館長は仕事熱心な方なんですね？」

しごとねっしん、というフレーズに一色が力を込めて問いかける。

「まあ」

曖昧に答えただけで、岸は二階ロビーに立った。

一階より幅の狭いロビーを挟んで、二つの展示室が向かい合っている。最初はこちら、と、岸が古美術品を展示している部屋に二人を案内する。一色が抑えた声で岸に告げた。

「さっきのポスターの色、お詫び文なら白地に黒が相応しいですし、グレーの地に黒い文字だと年配の方には見づらくなるだけだと思いますよ。熊谷館長は、美術にはあまり興味をお持ちではないようですね」

「分かります⁉」

顔をほころばせた岸が、我に返ったのか真顔になり、口を押さえる。

「岸さんも、大変な思いをされているようにお見受けしますが」

「いえ……」

「いけない、差し出がましいことを。学芸員さんは、ただでさえ神経を使うお仕事をされていらっしゃると思うと、つい、心配になってしまって」

王子が岸の目を見つめ、優しく微笑みかける。来るぞ、と直央は岸を見た。

この人なら大丈夫と安心したように、岸の口元が緩む。

「まだ、今日はマシな方です。館長が強盗のショックで元気がないから」

「いつもはあれよりひどいの？」

呆れる直央を、岸が「しっ」と制する。

「パワハラですよね、あれ……」

「問題にならないんですか？」

直央が岸に尋ねると一色もうなずいた。

「ベアーさんは、パワハラやセクハラなんかのコンプライアンス対策はしっかりしていると聞いてますけど」

「熊谷館長のおじいさんがベアーの会長なんです。お父さんは社長。お兄さんは跡取り。財団と博物館が作られたのは、一番は税金対策だっていいますけど、館長のためでもあるんですって。館長、仕事が全然できなくて、本社に置いておけないから」

博物館に来てからも、熊谷は「地方豪族」の威光を笠に着てやりたい放題だという。

「美術にも歴史にも一切興味がないから、展示室にも来ません。博物館に何があるかも知らないと思う。好きな時間に出勤して、しょっちゅう二日酔いで、夜は飲み屋やキャバクラが開店するまでゲームして時間を潰してます」

親にあてがわれた名士の娘と結婚していて、一度帰宅したら出づらいからだという。

熊谷が着けていた高そうな腕時計を思い出した。御曹司《おんぞうし》だというのも納得できる。

「お坊ちゃまだから、仕事しなくてもお金がもらえるんだ……」

「幸せなご身分なのに、人当たりはキツいんですね」

「ケチをつけたり怒ったりして、仕事した気分になってるんですよ。何もできないから」

一色に答えた岸が、「でも」と苛立ったような口調で続けた。

「鶴田さんも、要領が悪いっていうか、世渡りが下手っていうか」

本社の社員である鶴田は、事務担当職員として三年前から財団に出向し、博物館に勤務しているという。

「我慢強いのだけがとりえ？　媚《こ》びーと同じ」

「こびー?」

「根津さんのこと。館長に媚びまくって生きてるから、女子はみんな陰でそう呼んでます」

根津は岸と同じ学芸員だ。鶴田と同時期に、契約社員として財団に雇われたという。

「館長、仕事ができないくせに出たがりで、新聞の地方欄に博物館ネタのエッセイを連載したり、団体さんが来たりすると講演っぽいことをしたりするんですけど、そういう原稿は全部、根津さんが代わりに書かされてます」

残業代もろくに出ないのに、毎日残業をしてこなしているという。

「根津さんは、鶴田さんのことを助けてあげないんですか?」

「最初は仲が良かったけど、今じゃ口もきかないです。立場も違うし、思うところがあるんじゃないですか?」

片や正社員、片や契約社員。片方は疎まれ、片方は便利使いされている。羨み疎み、仲が悪くなっても仕方ないと、高校生の直央にもおぼろげに分かった。

平日は来館者が少ないので、この基本メンバー、プラス女性スタッフが一人か二人。土日祝日はもう少し増えるが、やはり女性のパート・アルバイトだという。

「館長、女子にはパワハラしないんですか?」

「しないんじゃなくてできない。おじさんが女子をキツく叱ると、揉めたり辞めたり、大ごとになるから」

つまり男子二人のうち、鶴田が格好のサンドバッグとなっているわけだ。

「まあ、ちょくちょくヤなことはありますけど」

男子のような短髪頭を振った岸が、腕時計に目を落とした。

「古美術コーナーも歴史コーナーも、いつでもゆっくり自由に見てってください。今日は時間が限られてるんで、次行っちゃいますね」

岸が展示室を出て、エレベーターに向かう。追おうとする直央の肩に、一色が触れて止めた。

「彼女も苦労してるみたいだ」

小声で一色が指し示したのは、ロビーの壁だ。

掲示板に、地元新聞の切り抜きが貼られている。二年ほど前の展示のリニューアルを取り上げたものだ。

記事の中央の写真に直央は目を凝らした。館長と並んで写っている岸は、スカート姿でふわりと髪が長かった。

二階からエレベーターで地下一階に降りる。

倉庫も兼ねたエレベーターホールには、何台か棚が設けられ、掃除道具や事務用品、修繕道具などが置かれている。その先に、通路が一階のロビーと平行に延びている。十数メートル先で物音がして直央は目をやった。

すっぽんに似たシルエットが足早に通路の奥に向かうのが見える。

鶴田だ。あれ、と数歩追ったが、鶴田の姿は逃げるように、角を曲がって見えなくなる。

「直央くん？」

一色に呼びかけられて向き直ると、岸が「行きますよ」と壁に設けられた入口を示した。

「収蔵庫です。博物館の所蔵品が納めてある場所」

小さな博物館なので、地下から二階展示室への作品の移動も同じエレベーターで行う。両開きの扉を入ると、さらに鉄の重々しい両開きの扉が立ちはだかっている。正面に円盤状のノブが取り付けられ、下には大きな長方形のマットが敷いてある。

「……何、これ？」

つんと鼻をつく刺激臭に気付いて、直央はしゃがんでマットに目を凝らした。茶色いマットの中央にうっすらと白い膜が広がっている。何かの液体をこすりつけたような跡だ。

直央はマットに触ってみた。

「ベタベタする」

指が貼りつくような感触だ。岸が笑った。

「これ、粘着マットだから。収蔵庫に髪の毛や埃を持ち込まないように、靴の裏をここできれいにしてから入るの」

「でも、これは、誰かが付けたものでしょう」

かがんだ一色が白い汚れを示した。岸が、直央の横にしゃがんで謎の跡に見入る。

「誰かが修繕に使う薬品をこぼしたのかな？」

「ちょっと接着剤みたいな臭いもする」

直央がもう一度鼻をひくつかせたとき、脳裏に、足早に消える鶴田のシルエットが浮かび上がった。


「鶴田さん、怪しい」

カウンターで、直央は口の端に付いた肉まんのかすを払いながら訴えた。

「怪しいって?」

コンビニのカウンターで隣に並び、美しく肉まんを食べている一色が聞き返す。

ガラス窓の向こうは、まだ午後五時過ぎだというのにすっかり暗い。今日は母が家にいるので、夕飯の支度はしなくていい。閉館準備に入った博物館を出て、一色と二人、いつものコンビニに来ている。

「仕返しだよ、粘着マットに付けられた薬品は」

人目を忍ぶように地下から姿を消した鶴田は、直央と一色が収蔵庫の見学を終えて事務室に行くと、帰り支度の熊谷にまた怒られていた。

「自分をいじめる館長に、こっそり仕返ししてるとか。それで」

「仮に鶴田さんが薬品を塗ったとして、何がしたかったのかな?」

「……館長の靴がくっついて離れないようにしてやる、とか?」

靴もきっとタイピンや時計と同じように、高価なものを履いているだろう。ダメにしてやりたかったのかもしれない。あ、と直央は肉まんを持つ手に力を込めた。

「強盗も、もしかしたら鶴田さんがやったとか⁉　館長への仕返しで」

閉館後の館内に潜むのも、博物館のことを熟知した鶴田ならできる。防犯カメラを切るのも人目につかないように逃げるのもやってのけるだろう。

きっと毎日毎日ねちねちいじめられて、怒りが限界に達したのだ。しかし一色が首を振った。

「鶴田さんには、そんな大それたことはできない」

「ああいう大人しそうなタイプは、キレると怖いんだよ」

「仮に、強盗が鶴田さんの仕業だとして、そのあとわざわざ薬品か何かでマットを汚すのは？　強盗からまだ三日だ。人目につかないように、息を潜めていなければならないときだよ」

反論できない悔しさで、直央が肉まんを嚙み締めていると、「あ」と一色が入口を見て目を光らせた。

「何？」

「しっ」

振り向こうとした直央の両頰を、一色が両手で押さえる。

何かを見送ってから手を離し、無言で直央の斜め後ろを指す。何だよ、と椅子を回した直央は目を見張った。

すっぽんに似た後ろ姿が、棚と棚の間に入っていく。鶴田だ。

直央は残り少ない肉まんを口に押し込んで立ち上がった。足音を忍ばせて、鶴田が入った通路に近づく。一体何を買うのだろう。

鶴田が立っているのは、生活雑貨が置かれているエリアだ。警戒するように奥に目をやり、ついで直央のいる手前に向く。間一髪で直央は身を引いた。

再び鶴田が何かを探し始めたのを見計らって、そっと後ろから様子を窺う。

ライター、ライターオイル、カッター、ビニールテープと、棚に並んだ商品を見ていると、放火、傷害、拉致監禁、とミステリードラマで見たシーンが次々と頭に浮かぶ。きっと強盗で一千万円を手に入れても、鶴田の心の傷は埋まらなかったのだ。

やがて鶴田が体を斜めにして棚から商品を取り、くるりと向きを変えた。レジを背にした直央とまともに目が合い、手に取ったものを反射的に後ろに隠した。

「君……？」

「何で隠すの？」

直央が一歩迫ると、鶴田は一歩後ずさりをした。「何で？」と直央はさらに迫った。

「就職活動？」

鶴田の後ろから、穏やかな声が聞こえた。

いつの間にか、一色が通路の反対側に回っていた。

「履歴書でしょう、それ？」

鶴田が、観念したように息をついた。そして、手にしたものを直央に見せた。

アルバイトに応募したことがないので履歴書はよく知らないが、ビニールパックに入った二つ折りの紙はそれっぽい。鶴田が一色、直央とすがるような目を向ける。

「お願いします。博物館のスタッフには絶対言わないでください。とくに、館長には絶対」

鶴田が深々と二人に頭を下げた。


レジで履歴書とコーヒーを買った鶴田のために、直央は席を一つずれた。直央と一色の間に遠慮がちに座った鶴田が、「本当にお願いします」とまた頭を下げた。

「……就職活動、してるとこで。決まるまでは、絶対、博物館の人たちには知られたくなくて」

熊谷に知られれば、イジメが激化するに決まっているからだ。

鶴田は結婚していて三歳の娘がいる。新しい仕事が決まるまでは、どれほど熊谷にいじめられても、仕事を辞めることはできないそうだ。

「家のパソコンが調子悪くて、履歴書の作成ができないんで、買って帰ろうと」

「今日、地下にいたのも就職活動のため？」

直央が聞くと、鶴田はうなずいた。

「就活は平日の昼間に電話しなきゃならないことが多くて……。地下なら、館長が来ることはないから」

二階の展示室にも地下の収蔵庫にも行かない。熊谷は本当に博物館に興味がないのだ。

「じゃあ、鶴田さんは粘着マットに付いた薬品のことは、知らないんだ？」

「僕じゃないです。これ以上、館長にいびられる原因作ってどうすんですか」

鶴田が深い溜息をついた。

元は株式会社ベアー本社の営業企画部で、スーパーの催しものや宣伝を担当していたという。歴史にも美術にも大して興味はない。それなのにベアー文化財団に出向となってしまい、苦難の日々が始まった。

「我慢強い、ってことで選ばれたらしいんですけど……あと子どもが生まれたばかりだから、そう簡単に逃げられないだろうって。僕の前にいた職員さんは、全員、一年持たなかったそうです。胃とかメンタルとかやられちゃって。でも僕も、もう限界で……。一年くらい前から転職を考えるようになって」

鶴田がない首をすくめ、深い溜息をつく。一色が鶴田がカウンターに置いたコンビニ袋に目をやる。

「履歴書、二セット入りを三パックも買ってますね。就活、もしかして、苦戦してるんじゃないですか？」

「自分で言うのもなんですけど、僕、就活で書類選考は通るんです。なのにいつも、面接で落とされるんです……」

撫で肩がさらに落ちる。見えない熊谷に睨まれているかのようだ。

お前の出番だぞ、と、直央は隣の王子に目で合図した。

「よかったら、少し、面接の練習、付き合いましょうか……？」

あれ、と直央は一色を二度見した。

いつもの笑みがない。声に元気がないし、語尾に締まりがない。こんなに自信なげな一色は初めてだ。

「成功するかどうかは分かりませんけど……ものは試し、ってことで？」

一色が首を突き出すようにして、鶴田の顔を窺う。

「……せっかくですけど」

鶴田が曖昧な笑いを返し、コンビニ袋に手を伸ばす。退散の用意だ。一色が背を丸めたまま、力なく目だけを上げる。

「僕じゃ、頼りになりませんか……？」

「……いや、ただ、お時間を取らせても悪いし」

言い訳なのが丸分かりだ。

何やってんだ、と直央は一色を睨んだ。いつもの王子に戻れ、と活を入れようとしたとき、一色が窓ガラスを指差した。

「見て。今の僕と君、似てませんか？」

「似てる」

外の闇で鏡と化したガラスを見て、直央は言い切った。

鶴田と一色が映っている。鶴田だけでなく、一色の姿もすっぽんのようだ。首をすくめ、肩を落とし、背を丸めている。

鶴田も気付いたのだろう、小さく声を発して二匹のすっぽんに見入る。

すっぽんの片方が、すっと背筋を伸ばして王子に戻った。

「さっきの僕に、頼る気になんてなれなかったでしょう？」

柔らかな声が別人のように張りを取り戻している。目も力強い光を帯びている。

「身を縮めるのは、怯え、自信のなさの表れ」

一色が身を縮めてみせる。

「どんなに優秀なスキルを持っている人でも、まるで自信がなさそうだったら？　見ている方は疑うでしょう。本当なのか、実は話を盛ってるだけじゃないのか、ってね。そういうこと、ありませんでした？」

鶴田はカウンターの一点を見据えて考え込んでいる。きっと、あったのだ。

「自分に自信がなさそうな人間に、大切な仕事を任せる企業はないですよ」

「……そうですよねえ」

はあ、と鶴田が溜息をつく。

「鶴田さん、よかったら僕に、指導をさせてもらえませんか？」

「……イメージ・コンサルタントさんでしたっけ？　いや、僕、金ないし」

「お金をいただくつもりはありません。博物館でお世話になりますから、そのお礼に。ちょっと貫禄をつけてみませんか？」

のそりと首を伸ばした鶴田が、すぐまた首を縮める。

「無理です、そんなの」

「ちょっとした立ち振る舞いを直すだけでも、人の印象は大きく変わりますよ」

「いや、僕なんて……」

鶴田がコンビニ袋を引き寄せる。退却の準備だ。

「悔しくないの⁉」

直央が声を荒らげると、鶴田がびくりと直央を振り返った。

「あのパワハラ館長にも、こいつなら何言ってもいいって思われてるんだよ！」

直央がそうだった。学校でいつも同級生たちから見くびられ、心ない言葉を投げつけられた。

「やってみようよ。館長を見返してやろう」

鶴田は上半身だけをひねった無理のある姿勢で固まっている。直央の勢いに気おされたのだろう。もう少しだ、と重ねて訴える。

「娘さんだって、お父さんがあんな奴に負けてるなんて絶対イヤだよ！」

「……はあ」

直央のダメ押しで、鶴田がようやくうなずく。一色がにこりと笑った。

「じゃ、遠慮なく」


一色の車に鶴田と乗せられ、連れていかれたのはカラオケボックスだった。

以前、市役所カフェの梢水穂に、笑い方のレッスンを受けさせたときと同じ店だ。個室へと狭い通路を歩いていると、二カ月前に引き戻された気がする。

しかし狭い個室に足を踏み入れた直央は、あれ、と部屋を見渡して一回転した。

狭い壁はポスターとハンガーとメニューの張り紙で埋め尽くされている。梢水穂にレッスンを施したときは、壁の大きな鏡に向かわせて、あごにボールを挟ませたりポッキーをくわえさせたりしていた。

「ねえ、鏡がないよ？」

「鏡がない部屋を頼んだんだ」

一色が後ろの鶴田に「立ってください」と奥を示した。

言われるままに、鶴田がソファーとテーブルの間を抜け、カラオケ機器の前に立つ。一色が鶴田の後ろに回った。

「まずは、姿勢から。胸を張って。両肩を引いてください」

骨張った両手が、鶴田の両肩を後ろに引く。緊張した面持ちの鶴田が、されるがままに胸を張る。直央は自然に両肩を引いている自分に気付いた。

「次はあごの角度」

一色の指が鶴田のあごを引き上げた。

「プラスマイナス〇度。これが普通。平常心の角度です」

鶴田がいつもより、少し凜々《りり》しく見える。

一色の指は次に、鶴田のあごを引き下げた。

「マイナス一五度。傾聴《けいちょう》、従順、謙遜《けんそん》の角度。いつもの鶴田さんは、あごがこの位置にある」

確かに鶴田はまた、いつもの遠慮がちな雰囲気に包まれている。心なしか両肩もまたうなだれたように見える。

「そして、次はこれ」

一色の指が、鶴田のあごをぐいと持ち上げた。

「あごを上げて人を見ると、感じ悪いんじゃないの？」

直央は梢のレッスンを思い出した。三白眼気味の梢は、あごを上げて人を見る癖のせいで傲慢に見られていた。

「上げすぎるとね。角度にして十五度、少しだけ上げる」

一色が鶴田のあごの位置を調整した。

「覚えて、これが、貫禄をつける基本の姿勢」

放っておくと戻ってしまう鶴田の両肩を後ろから引き、背を押すようにして胸を張らせる。

それを見て、直央は目を見張った。

二カ月前の昼下がりの記憶が脳裏に蘇る。晩秋の陽射しに照らされた中庭に、紙吹雪が舞い散る。警備員に取り囲まれた直央に、王子が後ろからささやく。

――背筋を伸ばして。

――あごを、少しだけ上げて。

肩に掛けられた温かい両手、あごを押し上げた指の感触が、昨日のことのように思い出せる。

一色は鶴田の前に回り、励ますような笑顔で語りかける。

「人に貫禄をつけるのは、自信。自信を見せるには、一にも二にも姿勢」

——自信を見せる。

あのとき一色が直央に教えてくれたのは、自信の見せ方だったのだ。

「はい、だらーん」

一色のレッスンは続く。掛け声の合図で鶴田が脱力する。うなだれ、肩を落とし、すっぽんのようなシルエットに戻る。ぱん、と一色が手を叩く。

「ポーズ」

ぴくりと鶴田が背筋を伸ばし、遠慮がちにあごを上げる。

「もうちょっと上」

鶴田がさらにあごを上げる。「だらーん」で脱力し、再度「ポーズ」であごを上げると、今度は上げすぎだ。

一色が鶴田のあごを調節し、また「だらーん」と「ポーズ」で鶴田があごを上げる。しかし、上げすぎたり下げすぎたりで、なかなか上手くいかない。

「ここ、ここですよね……」

鶴田が教えられた角度を再現しようと、懸命にあごを上下する。「ねえ」と、たまらず直央は、一色の袖をつついた。

「鏡がないと分かんないよ、自分じゃ自分は見えないし」

「感覚で覚えればいい」

「でも、鏡がないと、どうも不安で……これでいいのか、って」

鶴田も不安げに一色を見る。

「ちょっと待ってて」

一色が、ボックスに持ち込んだバッグを開いた。

取り出したのは、暗紫色のベルベットでできた袋だ。一色がリボンで絞った口を開き、大切そうに手にしたのは、直径十センチほどの手鏡だ。

「自分の顔を見てください」

一色に差し出された手鏡を、鶴田が受け取って覗き込む。直央も横から覗き込んだ。

「……何これ?」

相当古い鏡なのだろう。銀色のレース模様の縁取りは、磨いても取り切れない黒ずみが見える。シミが付き、シワのようなヒビが入り、まるで老人の顔だ。映し出された鶴田と直央の顔は、微妙に歪み、ぼやけている。

「これは『うぬぼれ鏡』。昔、ヨーロッパの女性が調子が悪いときに使った鏡です」

「ちゃんと顔が見えないじゃん」

母も妹も、こんな鏡を渡されたら文句を言いそうだ。鶴田も妻を思い浮かべたのか、うんうんとうなずく。

「じゃあ、今度はこっちを見て」

一色が新たに取り出したのは、同じくらいの大きさのコンパクトだ。開いて渡された鶴田が、コンパクトを覗き込んだ瞬間、「うわ！」とのけぞった。

うそ、と直央も借りて顔を映し、鶴田と同じようにのけぞった。

普通の鏡では目に付かない、肌荒れやニキビや毛穴が、これでもかというほど見える。

「何か俺の顔、汚い……」

「娘に嫌われる……」

鶴田が撫で肩をますます落とす。一色がコンパクトを掲げてみせた。

「これは、十倍鏡。普通の鏡より、十倍に拡大して映る鏡です。自信を失ったときの人間は、十倍鏡を見ているようなものです。自分の欠点ばかりが目に付いて、それを頭の中で拡大してしまって、ますます自信をなくし、うつむいてしまう」

うぬぼれ鏡が二人に向いた。

「このうぬぼれ鏡なら、アラが目に付きにくい。見えない部分を脳内補完して、自分は大丈夫だと思い込むことができます。自信を持って胸を張るための鏡なんです」

「自信……」

「大切なのは、セルフイメージを持つことです」

顔を上げた鶴田の目の前に、一色が手をかざした。

「鶴田さんは鏡を見なくていい。まず、自分の頭の中で、なりたい自分の姿をイメージしてください。自信を持って館長に立ち向かってる自分を」

一色の言葉を聞いて、しばらく考え込んだ鶴田のあごが、やがて、くい、と上がった。「そう」と一色がうなずく。

「自分はデキる、イケてるとセルフイメージしていれば、自然と見た目はついてくる。自分を信じると書いて自信ですよ」

鶴田が小さくうなずいた。


二度目のレッスンは翌日、閉館後の博物館に行き、ベアー文化ホールで行われた。熊谷が早早に帰ったと鶴田から聞いて、一色が提案したのだ。

三百席のホールは、小さめながらも本格的なステージが設けられている。鶴田が短い階段を上がってステージに立ち、直央と一色に向かって気をつけの姿勢で胸を張る。

「あごも上がってるし、背筋も伸びてる。昨日教えたことはパーフェクト。いいですね。きりっと頼もしい感じがする」

一色が笑顔で拍手をすると、へへ、と鶴田が照れた。

「妻にも貫禄が出たって褒められました」

「強い感じがします」

「直央くんも、敬語になりましたよ」

一色に言われて、あ、と直央は気付いた。「本当だ」と、鶴田が初めて嬉しそうな笑顔を見せる。

「次は、ここ全部に、人がいるって想像してみて」

ホールを見渡した鶴田の肩が少し下がった。背も少しうつむき加減になる。

「気後れします？　大丈夫」

一色がステージに上がり、袖に入ると、かすかな音とともにステージ後方にスポットライトが灯《とも》る。「こちらへ」と手招きされ、鶴田がスポットライトを背に佇んだ。

「ここぞ、というときは、光を背にして立つ。そうすれば、自分を大きく見せられる」

「見えます」

直央は鶴田に告げた。

逆光の鶴田は、確かにいつもよりも大きく見える。「背筋を伸ばして」と注意してから一色が続けた。

「テレビやネット、雑誌で、社長室のシーンを見たことないですか？　社長は窓を背にして座ってることが多いでしょう。あれも己を大きく見せるため」

ほー、とうなずいた鶴田が、直央の背後に向けた目を見開いた。

「根津くん？」

振り返ると根津が、ホールの入口で慌てたように体を引いたところだ。残業中なのだろう。

「お疲れさまです」と一色が、にこやかに声を掛けた。

「……何してるの？」

一色の挨拶は無視して、根津が鶴田に問いかける。鶴田が照れたように、口元をほころばせて答えた。

「貫禄のある立ち方を教えてもらってるとこ」

「舐められないように」

直央が付け加えると、鶴田に向けた根津の表情がわずかに険しくなった。

「鶴田くん、何する気？」

「博物館は多くの人と接する場所でしょう？　姿勢は大切ですよ」

王子が朗らかに説いたが、根津は見向きもせず、鶴田に言い募る。

「館長を怒らせるようなことは止めてよ。周りが迷惑するんだから」

「怒らせるなんて、そんなつもりは」

ばたん、と閉まったホールのドアが鶴田の声を断ち切った。その向こうで足音が遠ざかっていく。

何だあいつ、と直央が閉まったドアを睨みつけると、鶴田が「すみません」と首をすくめるようにして直央と一色に頭を下げた。

「根津くん、悪気はないんです。ただ必死なだけで」

「必死？」

「学芸員として生きていきたいっていう夢があるんです。この辺じゃ難しいことだけど」

鶴田の眉が心配そうに寄っている。なるほど、と一色が小さくうなずき、直央に教える。

「博物館や美術館の学芸員になりたい人は多いから。募集は少ないのに希望者が多くて、狭き門なんだ」

その上、県内の博物館や美術館が行う募集の多くは、アルバイト・パートか、よくて契約社員だ。正社員の募集はさらに倍率が高くなる。根津は今いる博物館でキャリアを積み、いつ巡ってくるか分からないチャンスを待つしかないのだ。

「根津くん、通勤に往復三時間かかるんだ。ここ給料が安いから一人暮らしはできないって。それでも、残業を必死でこなして頑張ってる」

自分のキャリアにはならない、熊谷の影武者仕事に励むばかりか、使い走りにされ、ペットボトルのフタまで開けさせられている。

「僕はこれといった夢もなくて、入れる会社に入って地味に生きてるから、根津くんが必死で夢を追いかけてるのを見ると、いいなあ、って思う。夢を叶《かな》えてほしいな、って思うし、根津くんなら絶対できると思う。真面目だし、頑張り屋だし」

鶴田の姿勢がいいことに直央は気付いた。両肩に力が入り、背筋が伸びている。自信を持っているのだ。

「鶴田さんは、根津さんと仲がいいんですか?」

一色が尋ねると、鶴田が苦笑いして首を傾げた。

「ちょうど、同じころにこの博物館に来たんです。根津くんは学芸員で、僕は事務職ですけど、館長を抜かせば男は二人だけだし、館長のことで愚痴を言い合ったりとかして……」

懐かしそうな笑みが、鶴田の頬に浮かんだが、すぐ消えた。

「でも一年くらい前からかな、あんまり話すことなくなっちゃって。僕、避けられてる感じなんです。館長と同じで、僕を見てるとイラッとするのかなあ、根津くん……」

鶴田の両肩がまた、寂しげに落ちる。

「じゃあ、根津さんに、鶴田さんのことを見直させてやりましょう」

「直央くんの言うとおり」

一色が置いてあるバッグから、リボンのような紐《ひも》を取りだした。ステージに上がり、鶴田の傍らに立つ。

「鶴田さん、右利きですよね？　左手で書いたり食べたり、できます？」

「全然できません」

「よかった」

王子が嬉しそうに鶴田の右腕を背中にねじ上げた。

唖然とする直央の前で、鶴田の右手首を仙骨の上辺りにくくりつける。鶴田が「何ですか⁉」と振り返ろうとして、「ああ！」と足をもつれさせた。

「直央くん、左うちわって知ってる？」

「……あいつを殺して財産を横取りすれば、一生、左うちわだ、うへへへ、ってやつでしょ？」

そして金持ちは命を狙われる。大好きなミステリードラマで何度となく見たシチュエーションだ。「んー」と一色が笑う。

「まあ間違ってはいないね。あくせくせずに、余裕で暮らせるっていう意味。左うちわは余裕のある姿ってこと。そして、左うちわの語源は、左手」

一色が、鶴田の左手を取って掲げた。

通路からロビーに、ジャケットを羽織った熊谷が、のそりと出てくる。展示室にも収蔵庫にも行かないのだから私用の外出だろうと、直央は入口横のベンチから観察した。

ホールでのレッスン翌日の昼前、直央はまた博物館を訪れた。不登校の高校生には、天国のようなところだ。開館中は百円払えば好きなだけいられ、暖かいし座れるし水も飲める。気が進まない学校選びも、ここまでは追いかけてこない。鶴田を見守るという大義名分もある。

熊谷は受付の女性スタッフに「お疲れ」と声を掛け、二日酔いなのか、だるそうに出入口に向かう。出勤したばかりだというのに、もうサボりかよと直央が呆れていると、大男が足を止めた。

「鶴田」

ぞんざいに呼ぶ声が博物館のロビーに響く。ちょっと来て、などのフレーズは一切つけない。名前だけを呼べば飛んでくるからだ。犬に対する呼び方と同じだ。

ホールの前でポスターを貼り替えていた鶴田が、「はい」と返事をした。今日は即座に飛んでいかず、熊谷を見ている。

「鶴田」

重ねて呼んだ熊谷の声に、苛立ちを感じて直央は緊張した。受付に座っている若い女性スタッフもわずかに眉をひそめる。

「はい」

鶴田が剝《は》がし終えたポスターを、左手で足元にゆっくりと置いた。それからテープやメジャーを入れた道具バッグを左手で壁に寄せた。

「今、行きます」

入口の前に仁王立ちになった熊谷へと、鶴田がゆっくり歩み寄る。

熊谷が訝しむように眉を寄せ、女性スタッフは反対に目を見開く。直央は心の中で熊谷の前に立った鶴田に、行け、と呼びかけた。

「何でしょう？」

鶴田が熊谷の少し手前で立ち止まり、あごをまっすぐの位置にして、熊谷の口元を見つめる。

熊谷が怪訝そうに鶴田の顔を二度見した。だが、すぐに体勢を立て直し、「これ」と、入口に貼った掲示をあごで示した。

「それ、ですか？」

鶴田が左手で確かめる。「お詫び」と題した強盗事件に関する謝罪と報告だ。一色と初めて博物館を訪れたときに、熊谷が文句をつけていたものだ。

「あのさ、字、こんな大きくしてどうすんの」

大きくしろと言ったのはお前だ、と直央は控えめに熊谷を睨んだ。鶴田が一拍おいて答える。

「字の大きさですか？」

「そう言ってんだろ。せっかくのさ、博物館のアカデミックな雰囲気が台無し。小学校の掲示じゃないんだから、もっと考えろよ」

心なしか、熊谷が早口になっている。

熊谷の顔を見て気付いた。あごが、いつもよりわずかに下がっている。

「間違って取っていないか、確認させてください。館長は、下書きよりも掲示の字を大きくするように、仰ってませんでしたか？」

熊谷とは反対に、胸を引いてあごを上げた鶴田が、左手で掲示の文字をなぞる。

「大きくするったってバランスがあるだろバランスが！」

さらに早口になった熊谷のあごが、またわずかに下がる。左うちわの効果だ。

昨夜、一色は鶴田の右手を使えないようにし、館長の前ではなるべく左手で動作を行うようにと教えた。

――利き手でない左手でうちわを使うと、動作がスローになる。

落ちついて余裕があるように見え、貫禄が出る。それが左うちわ。

一色が教えた左うちわを、鶴田は忠実に実行している。

舌打ちをした熊谷が、受付の方に向く。びくりと身を引いた女性スタッフに構わず、館内に向けて吼える。

「根津！」

反応はない。さらに叫ぶ熊谷に、女性スタッフが「出てます」と怯えた表情で熊谷に教えた。

ああ、と苛立たしげに熊谷が鶴田に怒鳴る。

「ごちゃごちゃ言ってないで、とにかく今すぐ直せって——」

熊谷が凍りついたように口をつぐむ。なんで、と直央は立ち上がり、気付いた。

鶴田の背後で、通路から出てきた岸が熊谷を見ている。

ホールの入口からは、鶴田を手伝って作業をしていた女性スタッフが、作業の手を止めて見ている。

階段を下りた辺りでは、来館中の中年女性が数人で固まり、熊谷に注目している。十数メートル離れていても、軽蔑の表情が見えるようだ。

我に返った熊谷が、ガラスの自動ドアを頭で押し開けるようにして出ていく。

ドアが閉まった瞬間、鶴田の肩から、どっと力が抜けるのが分かった。

「失礼しました」

岸が来館者たちに呼びかけると、鶴田が慌ててまた背筋を伸ばし、頭を下げる。受付とホール入口の女性スタッフも、二人に続いて頭を下げた。

「今の人、ここのスタッフさんなの？　ずいぶん野蛮《やばん》な方ね」

一人の女性が鶴田に、呆れ笑いで声を掛ける。他の女性たちも同意する。

「いい大人のくせして、冷静に話ができないのかしら」

「大声出せばいいと思ってるのよ、やあねえ」

「この人ったらね、オランウータンがいるわ、なんて言うのよー」

女性たちが「やだー」と笑いさざめき、鶴田に歩み寄る岸や女性スタッフも噴き出した。

「館長、圧倒されてた。あそこまで逆上するのは、めったにないよね」

「ほんと、あいつバカみたい」

「鶴田さん、なんか今日、いつもと違いますね」

受付の中から、女性スタッフも鶴田に声を掛ける。「本当ですか?」と戸惑い顔で聞き返した鶴田が、問いかけるように直央を見た。直央は一色に代わって親指を立ててみせた。

「館長、気合い負けしてた」

一色が鶴田に教えたとおりだ。

言いがかりを付けられたとき、やられっぱなしだと自分が悪く見える。でも貫禄で跳ね返せば、相手が悪く見えるのだ。

「この文字、一ポイントだけ小さくして貼ってやれば?」

「どうせ館長には分かりませんよ」

前はやられている鶴田を冷ややかに見ていた岸たちが、今日は熊谷に矛先を向けている。

「よく我慢したわねえ」

来館者の女性たちは直央が明け渡した入口横のベンチコーナーで一休みしながら、鶴田にいたわりの声を掛ける。鶴田が照れくさそうに、「恐れ入ります」と会釈を返してポスター貼りに戻っていく。

あいつも見ていればよかったのに、と直央は通路やホールを覗いてみた。どちらにも根津の姿は見当たらなかった。

しかし根津は、鶴田の反撃は見なくても、変化は敏感に察したようだ。

午後、二階ロビーでは五周年記念セレモニーの打ち合わせが始まった。本社の広報担当者と市役所の広報担当者が各二人ずつ博物館を訪れ、熊谷、鶴田、根津、岸と、企画書を手に話し合っている。

直央は二階ロビーの中央に置かれた、ヘッドボードのないベッドのようなベンチに腰掛け、息を潜めて様子を窺った。

「五味市長が博物館の展示を見学しているシングルショットを、広報用に何枚か欲しいんです。五味市長、就任してからぐっと恰好よくなって写真映えしますしね」

「ネットで『イケメン市長』って書かれているのを見ました」

本社の広報担当者の言葉に岸が答え、皆がうなずく。高校生を驚かせて喜ぶようなおっさんなのに、と鼻白む直央をよそに、鶴田が質問した。

「代表的な所蔵品の前に立って、撮影ということですか?」

隣に立つ根津が訝しむ顔で鶴田を見る。

午前中の勝利が効いたのか、鶴田はますます姿勢がよくなったように見える。あごを平常心の角度に保ち、広報担当者たちのオーダーを真剣な表情で聞いている。そして「根津くん」と呼びかけた。

「人気のある所蔵品か、S市と関わりが深い所蔵品の前がいいですよね?」

「……そうですね？　館長」

根津が遠慮がちに、隣に立つ熊谷に話を振る。

「……ああ」

唸るように答えた熊谷は、企画書を手に不機嫌な顔で佇んでいる。御曹司とはいえ、所蔵品についての知識がないので話に入れないらしい。

尻すぼみになった会話を救うように、岸が提案する。

「五味市長と財団理事長のツーショットだと、お二人ともスーツ姿だから、色味のある作品の方がいいと思います」

「今は展示していない作品の中にも、相応しいものがあるかもしれませんね」

「せっかくですから、少し季節を先取りして、春を感じさせる文化財や美術品を特別に展示してみたらどうでしょう」

鶴田に続いて根津が意見を出す。学芸員の血が騒いで黙っていられなかったようだ。「いいですね」と広報担当者の声が弾み、賛同の声が続く。鶴田や岸、根津が、思い当たる作品の名を、次々と挙げていく。

カヤの外に置かれた熊谷は、手持ち無沙汰な様子で企画書を丸めている。ちらりと直央を見たので、慌ててロビーに展示されているガラスケースの中の茶器を見る振りをした。

「館長、どうでしょう？」

根津の問いかけを無視した熊谷が、「鶴田」とガラスケースをあごで示した。

「指の跡がついてる」

「すみません」

鶴田が左手をジャケットのポケットに入れ、クロスを引っ張り出した瞬間、何かが床に落ちた。

身を屈め、左手で拾い上げた鶴田が、「あ！」と声を発して固まる。

「どうした？」

熊谷が鶴田の左手を摑み、拾ったものを見る。その横で岸が「え⁉」と声を上げ、口を押さえる。根津や広報担当者たちが歩み寄るのにまぎれて直央も駆け寄った。

鶴田から取り上げたものを熊谷がガラスケースの上に置く。五センチほどの細長い陶器の欠片だ。赤や金の細かい模様が施されている。ぱっと表面を見ただけでも相当の年代ものだと分かる。

「これ、十三代加納秀峯《かのうしゅうほう》の壺じゃ……！」

根津が弾かれたように熊谷を見る。広報担当者が二人ほど息を吞んだところをみると、有名な作家なのだろう。

「鶴田、何だよこれは？」

形相を変えた熊谷が詰め寄る。青ざめた鶴田が必死で首を振る。

「知りません、こんなもの、僕は……！」

「知りません、ったって、お前のポケットから落ちただろうが。皆さんも見てたでしょう⁉

そこの子も！」

いきなり話を振られ、直央は思わず後ずさった。

「ホントに、知りません……！」

鶴田がまた、すっぽんのように首を縮めてしまっている。うなだれたあごは、それきり上がることはなかった。


「大変なことになったみたいだね」

翌日の昼前、朝食の後片付けと掃除を済ませ、玄関でスニーカーに足を突っ込んでいるところに、一色から電話が来た。

「鶴田さんのポケットから、所蔵品の壺の欠片が出てきたんだ」

直央は上がり框《がまち》に座り、昨日起きたことを一色に説明した。

陶器の破片が鶴田のポケットから落ちたあと、熊谷が打ち合わせを切り上げ、鶴田を事務室に連行した。直央が知っているのはそこまでだ。さすがに事務室には入れてもらえなかった。

岸に聞こうとしたが、やんわりと帰るように言われてしまった。

「壺の本体は、どこに行っちゃったんだろう？」

それを聞きたくて、博物館に行こうとしたところなのだ。

「事務室の横に、小さいロッカールームがあったでしょう？　鶴田さんのロッカーに桐箱が入ってたそうだ」

直央が知りたかったことを、一色が教えてくれる。

本社のロビーや社長室に飾るために、壺や掛け軸など、常に幾つかの作品が博物館から本社に貸し出されている。桐箱に入っていた壺もその一つだ。記録によると、強盗事件が起きる数日前に、熊谷が本社から引き取り収蔵庫にしまったという。

「その壺が無残に割れた状態で桐箱に入っていた。館長は、鶴田さんがうっかり壺を割り、言い出せなくて隠していたと主張してる」

「誰に聞いたの、それ？」

発信番号は、一色の南青山のオフィスだ。こちらに来ていないのに、やけに詳しい。

「新聞に載ってるよ」

直央はスニーカーを脱ぎ捨て、キッチンに走った。

テーブルにあった新聞を広げ、地域欄を探した。隅の方に「博物館」という文字を見つけて目を凝らした。

『博物館　事務職員が所蔵品の破損を隠蔽』

事務担当職員のポケットから破片が見つかり、館長がロッカーを調べたところ、桐箱が見つかったと書いてある。

在りし日の壺と、壺が納められていた桐箱の写真も掲載されていた。紐で結ばれた桐箱に、筆文字で何やら記されているのが見える。小さいモノクロ写真でも、値打ちがありそうなのが見て取れた。

「館長の談話。ベアー文化博物館の所蔵品の中でもひときわ価値のある品であり、大切に守っていくべき歴史的資産であるのに残念……」

電話の向こうで一色が読み上げる。同じ新聞のインターネット版を見ているという。あ、と直央は声を上げた。

「ねえ、この新聞、熊谷館長が連載してるとこだよ！　エッセイかなんか」

根津にゴーストライティングをさせている、熊谷の連載エッセイだ。

「壺を割ったの、館長だよ！　自分が割ったけど、鶴田さんに罪を押しつけて、それを新聞社に話して記事になるように仕向けた」

「どうして新聞に載せたりするかな？　十三代加納秀峯の壺は、状態が良ければ何百万円かはするけど、壊された壺は国宝ってわけじゃない。第一、館長は本社の御曹司だ。壊しちゃった、ごめんなさい、って謝れば、それで許してもらえると思うよ」

「違う。仕返し」

「仕返し？」

「熊谷館長は、鶴田さんに仕返しがしたいんだよ」

直央は、鶴田が熊谷に逆襲したことを一色に話した。岸たち女性スタッフや、来館者が皆、鶴田に味方し、熊谷を軽蔑したことも。

「館長は恥をかかされたから、鶴田さんに仕返しを企んだんじゃないかな？」

電話の向こうで、一色が考え込んでいるのが伝わってくる。

「直央くん、夕方、時間ある？」

　ガラスの向こうでうなだれた鶴田は、目の前の自動ドアが開いたことにも気付かないようだ。市役所のロビーで一色と迎えながら、「大丈夫ですか？」と直央は思わず声を掛けていた。

　博物館五周年記念セレモニーを明日に控え、夕方S市に前乗りした一色と、鶴田に会うことにした。一色が連絡を取ると、鶴田は午後から株式会社ベアー本社に呼ばれ、財団の理事たちに事情聴取を受けたという。

「……もちろん、熊谷館長も」

　直央と一色に挟まれてベンチに座った鶴田が、人目を気にしてかうつむいた。

「新聞に、博物館の事務職員が隠蔽、って書かれちゃったじゃないですか。博物館の事務職員って、僕一人しかいないでしょう……。分かる人には分かっちゃって」

　近所の人にも探るような目を向けられ、幼い子を抱えた妻は動転しているという。呼ばれたベアー本社でも、旧知の社員に遠巻きにされたそうだ。直央はベンチから身を乗り出し、鶴田の顔を覗き込んだ。

「壺を割ったのは、鶴田さんじゃないんでしょう？」

「僕は何もしてない」

　鶴田がまっすぐに直央を見て答えた。分かってる、と直央はうなずいた。

「きっと、熊谷館長が仕組んだんだよ」

「館長が？」

「わざとかうっかりか分かんないけど、館長が壺を割った。鶴田さんに恥をかかされたのが許せなくて、破片を入れた桐箱を鶴田さんのロッカーに隠した。そして、欠片を鶴田さんのジャケットのポケットに入れた」

岸と根津、ベアー本社や市役所の人間がいる前で、鶴田にガラスを拭くように指示したのは熊谷だ。破片をクロスで包むようにしてポケットに入れておけば、引っ張り出したときに床に落ちる。

鶴田は普段、ジャケットを事務室の椅子に掛けていることが多いという。クロスも、いつでも使えるようにポケットに入れっぱなしだ。

「可能性はあると思いますよ」

一色もそう言ってくれる。自分のあごが自信満々に上がっていることに気付いて、直央は慌てて下げた。

「でも、館長じゃないみたいで」

力なく口元を歪めた鶴田が、ぽつりと言った。

「……僕も、もしかしたら、館長が、って。岸さんやスタッフに、館長が事務室で何かしてなかったかって聞いてまわったんです。でも館長は、掲示に文句をつけたあとは一度も事務室に入ってないって」

鶴田に左うちわで反撃されたあと、熊谷は車で出かけ、本社の広報担当者と昼食をとってから、一緒に博物館に戻ったという。車移動でコートなどは着ないから、事務室に寄る必要もなかったのだろう。

「そうだとしたら、鶴田さんに恥をかかされて仕返し、という説は成り立ちませんね」

一色が考え込む。直央は食い下がった。

「左うちわの前に入れたとか？　それ以外に、館長がわざわざ鶴田さんを陥れる理由はないもん」

「館長は僕のことなんて、わざわざ陥れなくても一発で追い払える。今まで僕を博物館に置いてたのは、ストレス解消のためだけだから」

鶴田が深い深い溜息をついた。一色がいたわるような口調で尋ねた。

「さっきの話し合いでは、館長は何と？」

「自分がやったと認めれば、始末書で許してやると」

噛み締めるような口調に、悔しさが滲んでいる。それを断ち切るように「辞めます」と続けた。

「元々、転職しようと思ってたし」

「だって、鶴田さんはやってないのに」

「もういいんです」

鶴田の語調が強くなり、直央は口をつぐんだ。「ごめん」と鶴田が直央に詫びる。

「こっそり僕のロッカーに桐箱を入れて、ジャケットのポケットにまで……。館長か、それとも他の誰かが、そんな手の込んだことまでして、僕を陥れようとしたんだ。もう、そんなところにはいられません」

鶴田が立ち上がり、一色と直央に向き直って頭を下げた。

「せっかく指導していただいたのに、無駄にしてしまって申し訳ないです」

鶴田が体を丸めるようにして、市役所の出口へと向かう。

「……あれじゃ、就職の面接、また落ちちゃうかも」

一色も直央と同じように、鶴田の丸まった背を見ている。

他の誰か。口の中で鶴田の言葉を繰り返したとき、直央の脳裏に小柄な男の影が過《よ》ぎった。

博物館のスタッフのうち、鶴田の反撃のときにあの場にいなかった人間がいる。

仕事で出ていたという、根津だ。あのときは、岸も女性スタッフも事務室にいなかった。受付には女性スタッフがいたが、ロビーの方を向いていたし、仕切りがあって奥の事務室内はほぼ見えない。

「根津さんが、仕事で出ていたというのはうそかもしれない。岸さんに確認してもらったら、先方は、根津さんはそのときは来ていないと言ったそうだ」

市長室で電話を終えた一色が、窓辺に座る直央に告げる。「ほら！」と直央は声を上げた。

「壺を割ったのは根津さんだよ。学芸員としてマズいから、鶴田さんのせいにしようとした。仕事で出てったように見せかけて、ロビーで館長と鶴田さんが対決して、みんなが注目してる間にロッカーに入れた」

　おそらく鶴田も根津がやったと察しているのだろう。だから、心が折れたのだ。

「館長が鶴田さんに文句をつけたのと、みんなに注目されたのは突発的な出来事だよ。それに、鶴田さんの仕業だと、新聞に載せる意味は？」

　市長室のソファーの背に、一色が新品のワイシャツやスーツを掛けていく。五味市長が今身につけているものより、どれも色が少し柔らかく明るい。「春物」とさっき一色が教えてくれた。これから訪れる春に向けて、出立の前にスタイリングを済ませるという。

「犯人は自分じゃないとアピールしたいから」

「嘘をつくのはリスクを負うことだ。仮に根津さんが、壺を壊したことを隠したいなら、できるだけ目立たないように処理したいはずだよ」

　確かに隠蔽しようとしたことがバレでもしたら、学芸員としては終わりだ。

「館長が根津さんにやらせたのかも」

「前にも言ったけど、館長なら親の威光を借りてどうとでも処分できる。岸さんや根津さんなら収蔵庫の床にでも破片を撒いておけばいい。さらに言うなら、アルバイトのスタッフさんだっている。犯人が誰か分からないままうやむやになる可能性は充分にあるよね？」

　言われてみればそうだ。熊谷に、冷静に犯人を突き止める能力があるとは思えない。

「仮に館長が壺を割ったのなら、強盗に入られたときに、何かの弾みで割れたことにしてしまえばよかったんだし。それが一番、シンプルで簡単だ」

「……じゃあ、誰か別の人物をかばうため。たとえば、館長がお気に入りのスタッフ。女子の誰かとか」

ふむ、と王子がネクタイを並べる手を止める。

「新聞に載せたのもそのせいだよ。だって、犯人がいれば、他の人はもう疑われないじゃん」

一色が、手を止めたまま考え込む。「疑われない」と独り言のようにつぶやいた。

「それだ。ぴったり」


いつもは無音の博物館に、低く小さく「峠の我が家」が流れている。

直央と一色が階段で二階ロビーに上がると、根津が来館者の老人をエレベーターに乗せ、丁重に見送ったところだった。振り向いた根津が機械的に告げる。

「申し訳ありませんが閉館時間です」

「根津さんに、聞いていただきたい話があるんです」

一色が根津に歩み寄る。

「鶴田さんが壊したとされている壺について、奇妙な点があるんです。鶴田さんは、壺を壊したのは自分じゃないと言っています。僕は鶴田さんを信じています。壺を壊した人間をXとしましょう。Xは割れた壺の欠片を鶴田さんのジャケットに忍ばせ、残りの破片を彼のロッカーに入れたことになります。自分が壺を壊したことを隠し、鶴田さんに罪をなすりつけるために。でもなぜ、そんなことを？」

根津はじっと立ち尽くしている。

「博物館は民営だし、熊谷館長はベアー本社の御曹司だ。アクシデントで壊れたと処理できるでしょう。わざわざ、他の誰かに罪をなすりつけ、新聞にまでそれを載せるような、面倒かつ波風を立てるようなことをしなくてもいいはずだ。つまりXにはそうしなくてはならない理由があったんです」

根津が目を見開いたのが、直央にも見て取れた。「もう一つ」と王子が左手を上げた。

「熊谷館長の腕時計はプラチナとダイヤ。スイス製で五百万円はします。前からいつもしている、と岸さんが言っていた。なのに強盗の犯人たちは、館長の腕時計を奪わなかった。タイピンも同じです。付いている色石はすべて本物の宝石、しかも値の張る品ばかりです。それも強盗の犯人たちは手を出さなかった」

「足が付くからじゃないの？　現金と違って」

直央はミステリードラマで仕入れた知識を披露した。売ったり換金したりすれば、そこから足がついて逮捕される可能性がある。「それもあるけど」と一色が続けた。

「強盗犯の二人は、防犯カメラに一度も写ることなく、一片の証拠も残さず、館長と警備員を拘束し、速やかに金を奪って逃走した。この博物館に多額の現金が置いてあることも調べ上げた。そんな凄腕《すごうで》の強盗なら、腕時計やタイピンを足がつかないように処分することなど造作もないはずです」

バインダーを握りしめた根津の指が白くなっている。「さらにもう一つ」と続ける一色の声が、それを見て取ったかのように少し柔らかくなった。

「熊谷館長の上腕筋から肩、胸にかけての筋肉は見事です。あれは格闘技で鍛えている人間の筋肉の付き方です。それも相当以前から。それなのに事件のとき、館長は警備員と二人揃って縛り上げられた。無抵抗で」

「なんで無抵抗だった、って分かるの？」

「事務室内が一切荒れていなかったというでしょう？」

四つの机とパソコン、雑多な品々が詰め込まれた事務室と、その奥の館長室を直央は思い浮かべた。確かに、多少なりとも格闘すれば、何かしら物が落ちたり壊れたりするはずだ。

「怯えたから、という見方もあるでしょう。ですが長年格闘技で鍛えている人間は、それ相応の闘争心があるはず。なのに、館長がまったくの無抵抗だったというのは、ちょっと不自然ではないでしょうか？」

一色が言葉を切ると、根津が目を上げた。続きを聞きたがっている。

「強盗事件を振り返ってみましょう。防犯カメラや遺留品などの証拠は何も残っていない。建物や物の破損はなかった。ケガ人もいない。奪われたのは現金だけ。こういうケースの強盗は、警察は大きく動けないといいます。捜査が尻すぼみになってしまうという」

「何で？」

「調べようにも手がかりがないでしょう？　お札のナンバーを控えていない限り、盗まれた現金を探し出すことは、ほぼ不可能です。仕方がないことです、警察だって忙しいんですから。」

それを利用して悪事を働くというケースがあります」

骨張った長い指を折って数え上げる。

「室内が荒らされず壊されず、ケガ人・死人が出ない、現金しか盗《と》られない。犯人の痕跡が残らない強盗を自作自演して、存在しない金を奪われた振りをする。今回の強盗だと一千万円」

「そのお金を、自分のものにするってこと？」

「奪われたことにした金をまるまる裏金にできる。保険金が下りるし、経理上の損金にできる。もとは脱税の手口として考えられた方法だよ」

「でも、館長は金持ちだよ？　なのに何でそんなこと」

「何か事情があるんだろう」

根津の表情が強ばっている。呼吸も荒くなっているのが、かすかに揺れる肩で分かる。一色が静かに続けた。

「ここからは僕の推測です。熊谷館長は警備員を仲間に引き込み、強盗を自作自演した。その際に、本社から返却され引き取ってきた壺を何らかの弾みで壊してしまった。そのままだと警察が現金強奪だけでなく、器物損壊についても調べることになる」

「壺一個だけでもまずいの？」

「犯人が捕まれば裁判があるでしょう？　量刑を決めるために検察側と弁護側が事件を検証することになる。そのために、警察は事件が起きたときの状況を徹底的に記録するんだ。館長も人間的にはアレな人かもしれないけど、さすがに警察には敵《かな》わないでしょう。追及されれば、ぼろを出す恐れがある。そこで館長はひとまず砕けた壺を隠した。おそらく、地下の収蔵庫に」

「あ、粘着マットのあれ！」

直央は粘着マットにこすりつけられた、白っぽい膜のような薬品を思い出した。目撃した日は、強盗があったときから、正味二日しか経っていない。

「たぶん、館長の工作と何か関係があるんじゃないかな。壊れた壺を誰かに見つかる前に何とかしなければならない、と焦っていたはずだ。誰かの仕業、とはっきりわかる形でね。少しでも不自然なことがあれば、岸さんやスタッフの口から噂が広まって、どこで警察に目を付けられるか分からない」

岸が、熊谷の身の上を知り尽くしていたことを思い出した。たしかに、狭い町では噂はすぐに広まる。

「館長は、鶴田さんの仕業に見せかけることに決めた。そのために、鶴田さんのロッカーに割れた壺を入れ、事務室に置いてあったジャケットのポケットに入っていたクロスを出して、破片を包んで戻した。そして、館外の人間——本社と市役所の人たちがいる前で、ガラスケースを拭くように命じたんでしょう」

一色が根津に一歩迫った。

「あなたは残業をすることが多いと聞きました。言葉は悪いが、館長に便利に使われて、接している時間も、全スタッフの中で一番長かったでしょう。あなたは強盗事件が起きる直前まで、壺が館長の手元にあったのを、見ていたのではないですか？」

根津が、床に視線を落とした。

館内に流れていたメロディーがふつりと消え、二階ロビーが静寂に包まれた。一色と並んで見つめる直央の前で、やがて、根津が静かに顔を上げ、一色を睨んだ。

「閉館です。帰ってください」

階段に向かう根津の背中に一色が呼びかけた。

「鶴田さんは、身に覚えのない罪を着せられてるんですよ？」

「僕は、関係ありません」

「関係なくない」

気付くと声を上げていた。根津が足を止め、訝しそうな顔で振り返る。

どう言い表していいのか分からない。とっさに手を伸ばし、一色の頬をつまんでひねった。根津が目を見張る。直央は一色に問いかけた。

「痛くないよね？」

「全然」

一色が不思議そうに答える。根津が拍子抜けしたように、開いた口を閉じた。直央は一色の頬から手を離し、根津に向き合った。

「痛そうに見えるのは、見た目の思い込みのせい。それか、相手を心配する気持ちのせい。根津さん、鶴田さんを見ているときも、そうだったんじゃないですか？」

最初に博物館を訪れた午後のことだ。ポスターのことで鶴田を執拗《しつよう》に攻撃する熊谷を見て、根津は逃げるように、事務室から出ていった。

「鶴田さんが、ホールで貫禄をつけるレッスンをしてるのを見て、根津さんは絶対また揉めるって心配になった。作り直したお詫びの掲示を貼ったのを見て、館長が文句をつけるだろうって思った。だから、仕事があるって嘘をついて逃げたんじゃないですか？ 鶴田さんがまた、館長にいじめられるのを見るのが辛いから」

直央と母の雲行きが怪しくなると、そっと逃げていく妹の礼衣と同じだ。

「根津さんが鶴田さんのことを、どうでもいいと思ってたら、岸さんたちみたいにやり過ごせたはずです。でも、根津さんはできなかったんだ。関係なくなんかない」

一色がうなずく。根津は黙って立ち尽くしている。

「根津」

階段から聞こえたのは、熊谷の声だ。びくっと根津の肩が跳ねた。

「鶴田さん、会社を辞めるって」

直央は、じっと佇んでいる根津に続けた。

「根津」

階下から呼ぶ声に、苛立ちが加わる。

「近所の人や本社の人からも、鶴田さん、変な目で見られてるんだよ」

「根津！」

階下で熊谷が声を荒らげる。

根津が直央を振り切るように、階段に向かった。「すみません!」と階下の熊谷に呼びかけながら、階段を駆け下りていく。

エレベーターの扉が開き、岸が降りてくる。階下から聞こえる熊谷の怒声と、根津が詫びる声を聞いて、小さく顔をしかめた。

「根津さん、契約社員から正社員にしてもらえるんですって。三年耐え忍んで、やっと報われたってところですね」


ベアー文化ホールに並べられた椅子は八割方埋まっている。スーツ姿は市役所の関係者、本社の関係者。変わった形のワンピースやカジュアルなジャケット姿は、古美術の愛好家や文化財の専門家だろう。客席の両側には、撮影機材を手にしたケーブルテレビや地元新聞の人たちもいる。

最後列の端に座ってそれらを見ていると、遠慮がちにドアが開く音がした。一色がホールに入ってくる。直央は席を立って駆け寄った。

「どうだった、ゴミラ?」

ベアー文化博物館、五周年記念セレモニーがこれから始まる。主賓となる五味のスタイリングを手がける一色が、熊谷の表彰を発表するのはいかがなものか、と五味に話すと言っていた。

一色が小さく首を振り、小声で直央に告げた。

「表彰の予定を簡単に変えることはできないって。熊谷館長の狂言強盗や壺を壊したという証拠は何もないからね」

一色の視線の先に、熊谷と一緒に入ってきた根津がいる。

五味や市役所、本社の職員があとに続く。一晩経ったら気が変わるかも、という直央の期待は裏切られ、根津は従順に熊谷に付き従い、関係者席に並んで座る。

式典が始まったら気が変わるかも、という期待も空しく裏切られそうだ。熊谷館長を称《たた》える五味のスピーチを、根津は大人しく聞いている。

「ベアー文化博物館の皆さま、そして母体となるベアー文化財団の皆さま、五周年、まことにおめでとうございます。博物館や美術館を取り巻く状況が厳しくなっていく昨今、ベアー文化博物館が地域に根付いた活動を続け、S市の文化活動の柱となったのは、ひとえに熊谷館長、そしてスタッフの皆さまの努力のおかげであると、S市を代表して御礼を申し上げます」

挨拶を締めくくった五味が来賓《らいひん》席に戻り、入れ違いに熊谷が壇上に向かう。転んでしまえ、と最後列の端から呪いの念力を送ったが、熊谷はプラチナの腕時計とタイピンにはめた宝石をきらめかせながら壇上に立ち、カメラのフラッシュを浴びながら市長に祝辞の礼を述べ、スピーチを始めた。

「記念すべき五周年に、強盗事件、そして収蔵品の破損と隠蔽と、大きな事件に立て続けに見舞われ、当博物館を愛してくださる皆さまに大変なご心配をお掛けしましたことを、深くお詫び申し上げます。美術と歴史を愛する人間の一人としても、大変心の痛む出来事でした」

どの口が言ってるんだ、と睨む直央をよそに、よどみなく熊谷は挨拶を続ける。

「今回の事件を教訓といたしまして、警備、収蔵品の管理やスタッフ教育を再徹底し、さらに地域に愛される博物館を目指して参ります。幸い、私が市民の皆さまに向けて発信しております、新聞のエッセイや講演活動は好評を持って受け入れていただいており――」

直央は我慢できず、席を立った。

驚いたように見上げる一色に構わず席を離れる。このまま熊谷のスピーチを聞いていたら、怒りのあまり叫びだしてしまいそうだ。ロビーに出ようと出口に向かった直央は、足を止めた。入ってすぐのところに、鶴田が静かに佇んでいる。

「僕が呼んだんだ」

席を立って直央を追った一色が、小声で告げる。

鶴田はじっと、ステージで話し続ける熊谷を見ている。

「五周年記念イベントといたしまして、二点、発表があります。一つは、このホールにて来月より西洋美術展を行います。ベアー文化財団の活動を認められ、特別に貸与を許された作品も多々あります。スライドでご紹介いたします」

熊谷館長がステージ袖の方を向く。

「根津」

呼ばれた根津が、ステージ脇に置かれたノートパソコンの前に立つ。

諦めたような表情でステージを見ていた鶴田が、顔を背けた。直央と一色に会釈してドアハンドルに手を掛ける。

「根津！」

早く映せと言いたげに、熊谷が根津を目で急かしている。

次の瞬間、根津が熊谷に駆け寄ってマイクを奪った。列席者が一斉にどよめく。根津が客席に向かって話し始めた。

「壺を壊したのは、当館の事務職員、鶴田ではありません。熊谷館長です！」

背後で目を剝いた熊谷が、マイクを奪い返そうと手を伸ばす。すかさず逃れた根津が続ける。

「強盗があった夜、壺は熊谷館長が事務室に置いていましたが、翌朝は消えてました。そして次に現れたときは、すでに壊れてました」

熊谷が根津からマイクを力ずくで奪い返し、一同に弁明する。

「誤解です。壺の破損は鶴田の手落ちです。強盗事件は何の関係もありません」

「熊谷館長、強盗事件では、現金以外の被害は一切なかったと発表されてますよね？」

五味が立ち上がり、熊谷に尋ねた。一色に聞かされたことを思い出したのだろう。

「発表の通りです。今回の強盗事件で、現金以外の被害はありませんでした。とんでもない言いがかりです」

熊谷が言い切り、「来い！」と大きな体で根津を抱え込み、舞台袖へと引っ張る。

抵抗する根津が必死で片手を伸ばす。その手が熊谷の右手首を摑んだ瞬間、熊谷が声を上げてマイクを取り落とした。

「やめろ！　やめろって……！」

熊谷が苦しそうに身をよじりながら、必死で根津の手を引き剝がそうとする。根津はもう片方の手も添えて摑み続ける。

「何で⁉」

直央は目を見張った。館長より一回り以上小柄な根津が、熊谷館長を手だけで制圧している。隣の鶴田も列席者も、直央と同じく啞然としてステージを見ている。根津が必死で熊谷を押さえ込みながら、客席に向かって叫ぶ。

「熊谷館長は、強盗にあった夜に、右手首をケガしてます!」

「違う!」

熊谷が左腕で根津をなぎ倒す。床に倒れた根津の代わりに、今度は骨張った長い指が熊谷の右手首を取った。

「テーピングをしていますね」

いつのまにかステージに上がった一色が、熊谷の袖をたくし上げる。

手首に何重にも巻き付けられているのは、肌色のテープだ。

五味も壇上に上がり、熊谷のテーピングを目で確かめる。

「テープをそれだけ巻いていても、摑まれたら悲鳴を上げるほどのケガですね」

「でも館長は必死で隠してました。病院にも行かず、テーピングをして、市販の痛み止めをこっそり飲み続けてました」

立ち上がった根津が、信じてほしいとばかりに、来客たちに叫ぶ。

——館長が強盗のショックで元気がないから。

最初に訪れた日、岸が言っていたことを直央は思い出した。

元気がないのはショックのせいではなかった。潤んだ目も、暗い表情も、ケガと痛み止めのせいだったのだ。

「館長がトイレでテーピングをしているのを知ってしまって、強盗に遭ったときにケガしたんじゃないですか、って聞きました。そうしたら、大したことない、でも絶対誰にも言うなと。何で隠すんだろうって、不思議でした」

根津がカニのように横にずれながら、五味に向けて訴える。

足を止めたのは、スポットライトが当たる位置だ。一色がホールで鶴田を指導する様子を、出入口から見ていた根津を思い出した。

あのとき一色が鶴田に教えた、貫禄たっぷりに見せるテクニックを、根津は覚えていたのだ。

根津はスポットライトの光を背に立っている。あごを上げ、背筋を伸ばし、五味やベアー株式会社の社員たち、列席者たちに訴える。

「鶴田くんのポケットから壺の破片が出てきたとき、強盗の入った夜から消えた壺のことを思い出したんです。熊谷館長はケガを隠してる上に、壺が壊れたことも隠してる。いくらなんでも変だと館長に尋ねました。そうしたら、ケガのことも壺のことも誰にも言うなと。もしも誰かに言ったりしたら、博物館をクビにするだけじゃ済まないと」

隣で鶴田が息を呑み、列席者もざわめく。根津が続ける。

「ある人が教えてくれました。先日の強盗は館長の自作自演、偽装なのでは、と。でも言えなかった。僕は怖かったんです。博物館をクビになるのが、学芸員を続けられなくなるのが怖くて、告発できなかった」

舞台袖に逃れようとする熊谷を、五味が阻む。カメラのフラッシュとビデオカメラのライトが、容赦なく熊谷を照らしつけた。

博物館の五周年記念セレモニーは、根津の告白でケーブルテレビと新聞社による糾弾会見の場と化した。五味の指示でホールから客を出し、熊谷館長への事情聴取が行われている。一色はロビーで、旧知の五味市長後援会の人々に囲まれていた。

その間に直央は、もう一つの謎を確かめに行くことにした。

「あんなに鍛えてるのに、あっさりケガしちゃうかな?」

ロビーから関係者用通路に入り、地下へと続く階段を下りながら、一緒に向かう岸が首をひねる。後ろを歩く根津が教える。

「ネットで調べたら、格闘技の選手でも手首のケガはよくあるって。転んだり倒れたりしたときに片手を突くと、全体重が掛かってひどいときは骨折とか」

「筋肉で体が重い分、ダメージも大きいんだと思う」

根津の後ろから鶴田が付け足す。

地下一階に下り、収蔵庫の前で問題の粘着マットを四人で囲んだ。円盤形のハンドルがついた両開きのドアを見る。

「このドア、片手で開けるのはキツいですよね」

前に鶴田が左うちわを練習したときのように、直央は右手を腰に置き、左手だけで丸いディスク状のドアノブを力を込めて回した。防塵《ぼうじん》仕様でぶ厚く重いドアを肩で押して開け、体で止めた。岸がうなずく。

「左手で桐箱を持ったままじゃ、ノブを回して開けられない。右手首を痛めてるから桐箱を持てない」

直央は腰に巻いていたダウンジャケットを外し、丸めて箱の代わりに左手に持ったまま、ノブを回そうとしたができない。「待って」と収蔵庫に入った鶴田が、写真で見たのと同じような桐箱を持ってきた。

「桐箱は紐を一巻きして結んだだけだから、下手したら中身がこぼれる」

「でも、桐箱を粘着マットの上には置けない。桐は汚れやすいから」

根津が説明した。骨董の価値は、入れられていた桐箱も込みで決まるという。岸が確かめるように、粘着マットを踏む。

「でも、袋や別の箱に入れたら入れたで、それがくっつくかもしれない」

「マットの向こうに桐の箱を置くと、今度は手が届かなくなる」

直央は試しに丸めたダウンジャケットをマットの向こうに置いた。左手だけでノブを回してドアを開け、足を突っ込んで開けたまま、できる限り身を屈めて手を伸ばした。届くか、というところで、よろけて粘着マットに膝をついてしまった。

分かった、と鶴田が声を上げる。エレベーター前の棚に駆け寄り、持ってきたのは接着剤のチューブだ。

ドアを開け、チューブの平たくなった側を下に差し込む。ドアを押さえた手をそっと離した。チューブのおかげでドアは開いたままだ。

「チューブって、ドアストッパーと似てるかな、って」

「ドアが重すぎて、接着剤のフタが飛んだってわけか」

根津が納得したようにうなずいた。

フタが飛んで飛び散った接着剤を、熊谷はおそらくそこらの紙か何かで拭きとり、足でこすって誤魔化そうとしたのだろう。「ホント館長ってバカ」と、岸が苦笑いする。

「悪いことはできないね」

一緒に笑う直央の前で、根津が鶴田に深々と頭を下げた。

「……ごめん」

鶴田が「やめて」と根津の肩に手を掛け、頭を上げるように促す。

直央は丸めたダウンジャケットを拾い上げ、岸と一緒に二人を残して階上へと向かった。

まだ、謎は残っている。それを確かめなければならない。

一色はどこだと、通路から一階ロビーに出た瞬間、直央は目を見張った。

ホールの両開きドアが、大きく開け放たれている。わずかに残った参列者や記者が、各々ロビーに出てくるところだ。ぐるりと見渡しても、一色の姿はどこにも見えない。女性スタッフをつかまえて聞く。

「五味市長や他の人は？」

「館長が警察に出頭することになったから、市役所に戻るって」

直央はエントランスに走った。

自動ドアが開くのももどかしく突進する。風除室を抜け、外に面した自動ドアから外に飛び出した。

一色が後援会の人間に続いて車に乗り込むのが見える。

うそだろ、と瞬きをするのと同時に車のドアが閉まる。走り出した車がみるみるうちに遠ざかっていく。

事件は終わった。一色は海外へと旅立つのだ。

直央はポケットからスマホを取り出した。一色に宛てて、メッセージを打つ。

──聞きたいことがあるんだけど。

送信ボタンを押そうとする指を止めた。

やめておこう。直央は、バックスペースキーでメッセージを一文字ずつ消していった。

立春にはまだ日があるが、肌を刺す冷気が、ほんの少しだけ和らいだような気がする。

交差点の信号で立ち止まり、目の前に延びる並木道を見渡す。見覚えがあることに、直央はホッとした。一カ月前に見た夜の景色とは違い、春の訪れを予感させる晴れた陽射しが並木道を照らしている。一色の車で通った、原宿・表参道だ。

一色との唐突な別れから三日後、直央はS市から一人で南青山までやってきた。心細さを背筋を伸ばしてあごを上げることでまぎらわせながら、電車を乗り継ぎ歩いてきた。

家でパソコンからプリントアウトしてきた地図を見ながら、慎重に通りを進む。

平日の午後早い時間だが、晴れた日だからか人通りは多い。ついうつむいてしまう顔を、いかん、と気付いて上げる。それを何度も繰り返しているうちに、左側に見覚えのあるビルが現れた。

「十七階の、一色さんに会いに来たんですけど」

受付で緊張しながらコンシェルジュに申し出ると、館内電話で確認を取ったあと、ゲートを開けてくれた。前方では、エレベーターがようこそ、と扉を開く。

「直央くん、いらっしゃーい」

十七階に着くと、エレベーターのロックを解除してくれた米良が待ち構えていた。金髪頭に加えて、身につけた緑色のラメセーターとベビーピンクのシフォンスカートのせいで、前よりさらに妖精めいて見える。

「あれ？　直央くん、なんかちょっと感じが変わったよ？」

米良に正面から見つめられ、照れ笑いで目を伏せた。

自分がクラスメートから「感じ悪い」と言われた原因を、直央はようやく察したのだ。

それは、自信のなさだ。おどおどと人の顔色を窺い、卑屈になっていたから、「感じ悪」かったのだ。

「先生、お客様です。昨日もいらした、VIPの方」

エントランスに置かれた電話に向かって大嘘をついた米良が、直央ににやりと笑ってみせる。

年齢を無視した金髪に派手なスタイルでも、米良は感じがいい。それは、好きなものを着て堂々としているからだと、今なら分かる。

部屋へと直央を促した米良が、思い出したように足を止めた。

「直央くん、先生が海外に行くって言っても、何も言わなかったんだって？　先生、寂しそうだったよ」

「うそ、いつもと変わんなかったよ」

話を盛りすぎだ、と笑う直央の前で、米良が一色の口真似をして続ける。

「『まあ、こんなおじさんだし、無理ないか』って言ってた」

「はあ？」

ミスター・パーフェクトとか呼ばれているくせに、何が「こんなおじさん」だ。ふざけただけだよ、と笑おうとしたとき、直央は思い出した。

――うぬぼれ鏡。自信を持って、胸を張るための鏡。

一色は、そんな鏡を持っている男なのだ。

「直央くん？」

通路の奥から現れた一色が、直央を見て立ち止まる。

一色の驚き顔に向けて、直央は片手を上げてみせた。

「熊谷館長が、強盗のことを全部自白したって」

米良のいる休憩室でコーヒーを出してもらいながら、直央は報告した。

投資の資金に基本財産と呼ばれる財団の金を使い込み、儲けて補塡《ほてん》するはずが数千万円の損失を出してしまった。財団の理事長であっても、理事会と所管大臣の承認なしに基本財産を使えば背任罪にあたる。父にも愛想を尽かされるだろう。そこでバレないように穴埋めをしようと偽装強盗を企てたのだ。

警備員を仲間にし、閉館後の事務室で互いに後ろ手に縛り合った。壁の非常ボタンを額で押し、「床に転がされ」ようと身を屈めたとき、後ろ手に縛られているせいでバランスを崩し、デスクにぶつかって仰向けに倒れ、右手首を突いて痛めてしまった。その上、デスクが揺れて落ちた木箱の中に入っていた壺が割れてしまった。

強盗致傷に器物損壊。これはマズいと、壺もケガも必死で隠した。怪しまれないよう、せめて強盗事件後一週間は病院に行くまいと、痛み止めを飲んで必死で我慢していたのだ。

一通り話し終えたあと、直央は残された謎の答え合わせに移った。

「あのさ、熊谷館長が右手首をケガしてるって、早くから気付いてたんじゃない？」

「まあね。ケガをかばってるから姿勢にも歪みが出てたし、シャツも右側がわずかによれてたり。でも肝心なのは、根津さんが、鶴田さんのために事実を明かしたってことだから」

確かにそうだ。だから二人は友情を取り戻せた。

——人との関わりを断ち切らないで。

母が何度も直央に言ったことの意味が、今なら分かる。

人に自信をくれるのは人、己の姿を見せてくれるのも人だ。人こそが一番の「うぬぼれ鏡」になれる。だから、人との関わりを断ち切ってはならないのだ。

「俺、行かないと」

直央は立ち上がった。「えー？」と米良がにやにやしながら、直央の腕を両手で引っ張ってすねる振りをする。

これから、検討中の通信制高校を見に行くのだ。コーヒーの礼を言ってから、直央は一色に向き直った。

「また会おうね、先生」

参考文献

『魅せる技術』西松眞子著、インデックス・コミュニケーションズ
『「話し方」に自信がもてる1分間声トレ』秋竹朋子著、ダイヤモンド社
『〈骨格診断〉×〈パーソナルカラー〉本当に似合う服に出会える魔法のルール』二神弓子著、西東社
『少ない服でも素敵に見える人の秘密』師岡朋子著、講談社
『なぜ一流の人はみな「着こなし」にこだわるのか?』山崎真理子著、すばる舎
『誰でも60分以上スイスイ講演ができるコツ』釘山健一著、すばる舎
『超カンタン! あがらずに話せる正しい方法48』車塚元章著、現代書林
『成功する男の服装戦略』スーザン・ビクスラー、ナンシー・ニクス・ライス著、古沢めぐみ監訳、朝日選書
『美貌格差』ダニエル・S・ハマーメッシュ著、望月衛訳、東洋経済新報社
『エロティック・キャピタル』キャサリン・ハキム著、田口未和訳、共同通信社
『スピンドクター』窪田順生著、講談社+α新書
〈プレジデント〉2016年2月1日号、プレジデント社

初出一覧

「キラースマイル」　〈ミステリーズ！〉vol.87（二〇一八年二月号）
「色メガネ」　書き下ろし
「デスボイス」　書き下ろし
「うぬぼれ鏡」　書き下ろし

著者紹介　東京都生まれ。1996年、脚本家としてデビュー。テレビドラマ〈入道雲は白　夏の空は青〉で第16回ATP賞ドラマ部門最優秀賞受賞。2013年、『給食のおにいさん』で作家デビュー。同書は大好評となりシリーズ化した。他の著書に『キッチン・ブルー』がある。

検印
廃止

イメコン

2018年5月31日　初版

著者　遠《えん》藤《どう》彩《さえ》見《み》

発行所（株）東京創元社
代表者　長谷川晋一

162-0814/東京都新宿区新小川町1-5
電　話　03･3268･8231-営業部
　　　　03･3268･8204-編集部
URL　http://www.tsogen.co.jp
DTP　キャップス
旭印刷・本間製本

ISBN978-4-488-49211-3　C0193

その謎、即刻解決します。ただし、『お宝』をくれるなら

ANGEL BUNNY TOLD ME◆Aito Aoyagi

ウサギの天使が呼んでいる
ほしがり探偵ユリオ

青柳碧人

創元推理文庫

◆

ショッピングサイト《ほしがり堂》を経営する深町ユリオ。節操なく色々なモノをほしがり、方々から集めたガラクタ（お宝）をほしい人に売っている。

そんな彼はお宝をゲットしに行くと、なぜか必ず事件に巻き込まれてしまう！

身元不明のゾンビの死体の謎、ゴミ屋敷に隠された秘密など、ほしがり探偵が苦労人の妹と共に、お宝をめぐる数々の事件に挑む。

ポップな連作ミステリ。

収録作品＝誰のゾンビ？，デメニギスは見ていた，
ウサギの天使が呼んでいる，琥珀の心臓《ハート》を盗《と》ったのは，
顔ハメ看板の夕べ

京堂家の食卓を彩る料理と推理

LE CRIME A LA CARTE, C'EST NOTRE AFFAIRE

ミステリなふたり
ア・ラ・カルト

太田忠司

創元推理文庫

◆

京堂景子は、絶対零度の視線と容赦ない舌鋒の鋭さで“氷の女王”と恐れられる県警捜査一課の刑事。日々難事件を追う彼女が気を許せるのは、わが家で帰りを待つ夫の新太郎ただひとり。彼の振る舞う料理とお酒で一日の疲れもすっかり癒された頃、景子が事件の話をすると、今度は新太郎が推理に腕をふるう。旦那さまお手製の美味しい料理と名推理が食卓を鮮やかに彩る連作ミステリ。

収録作品＝密室殺人プロヴァンス風，シェフの気まぐれ殺人，連続殺人の童謡仕立て，偽装殺人　針と糸のトリックを添えて，眠れる殺人　少し辛い人生のソースと共に，不完全なバラバラ殺人にバニラの香りをまとわせて，ふたつの思惑をメランジェした誘拐殺人，殺意の古漬け　夫婦の機微を添えて，男と女のキャラメリゼ

シェフは名探偵

UN RÊVE DE TARTE TATIN◆Fumie Kondo

タルト・タタンの夢

近藤史恵

創元推理文庫

◆

ここは下町の商店街にあるビストロ・パ・マル。
無精髭をはやし、長い髪を後ろで束ねた無口な
三舟シェフの料理は、今日も客の舌を魅了する。
その上、シェフは名探偵でもあった！
常連の西田さんはなぜ体調をくずしたのか？
甲子園をめざしていた高校野球部の不祥事の真相は？
フランス人の恋人はなぜ最低のカスレをつくったのか？
絶品料理の数々と極上のミステリをご堪能あれ。

◆

収録作品＝タルト・タタンの夢，ロニョン・ド・ヴォーの決意，ガレット・デ・ロワの秘密，オッソ・イラティをめぐる不和，理不尽な酔っぱらい，ぬけがらのカスレ，割り切れないチョコレート

やっぱり、お父さんにはかなわない

TALES OF THE RETIRED DETECTIVE◆Michio Tsuzuki

退職刑事 1

都筑道夫

創元推理文庫

◆

かつては硬骨の刑事、
今や恍惚の境に入りかかった父親が、
捜査一課の刑事である五郎の家を頻々と訪れる
五人いる息子のうち、唯一同じ職業を選んだ末っ子から
現場の匂いを感じ取りたいのだろう
五郎が時に相談を持ちかけ、時に口を滑らして、
現在捜査している事件の話を始めると、
ここかしこに突っ込みを入れながら聞いていた父親は、
意表を衝いた着眼から事件の様相を一変させ、
たちどころに真相を言い当ててしまうのだった……
国産《安楽椅子探偵小説》定番中の定番として
揺るぎない地位を占める、名シリーズ第一集

◆

続刊　退職刑事２～６